飞行历险系列

ZUIHOU DIDA DE GUANNIAO

最后抵达的鹳鸟

[意] 圭多 · 孔蒂 著 / 绘
林凤仪 译

GUANGXI NORMAL UNIVERSITY PRESS
广西师范大学出版社
· 桂林 ·

出版统筹：施东毅
品牌总监：耿　磊
选题策划：陈显英　霍　芳
责任编辑：李茂军
助理编辑：霍　芳
美术编辑：卜翠红
营销编辑：杜文心　钟小文
版权联络：郭晓晨
责任技编：李春林

图书在版编目（CIP）数据

最后抵达的鹳鸟 / （意）圭多·孔蒂著、绘 ；林凤仪译. —桂林：广西师范大学出版社，2019.3
（飞行历险系列）
ISBN 978-7-5598-1656-6

Ⅰ. ①最… Ⅱ. ①圭…②林… Ⅲ. ①儿童小说—中篇小说—意大利—现代 Ⅳ. ①I546.84

中国版本图书馆 CIP 数据核字（2019）第 041665 号

广西师范大学出版社出版发行
（广西桂林市五里店路 9 号　邮政编码：541004
网址：http://www.bbtpress.com）
出版人：张艺兵
全国新华书店经销
广西广大印务有限责任公司印刷
（桂林市临桂区秧塘工业园西城大道北侧广西师范大学出版社集团有限公司创意产业园内　邮政编码：541199）
开本：880 mm × 1 240 mm　1/32
印张：4.75　　　字数：90 千字
2019 年 3 月第 1 版　　2019 年 3 月第 1 次印刷
印数：0 001~5 000 册　　定价：25.00 元

第一章

“尼洛，你在哪里呀，尼洛？”

米安正在寻找尼洛——他的妻子又一次消失了。

“尼洛，你在哪里呀？”

“唉！尼洛，你又跑到哪儿去啦？”米安心想。这可把他急坏了。他四处张望，飞到最高的枯树枝上，极目远眺。太阳闭上眼睛，沉到地平线以下。米安又渴又饿，他想在草原的夜幕降临之前，和尼洛一起飞到河流的入海口，痛痛快快地大吃大喝一顿。他再也不想在与爱人失去联系的焦虑中饱受煎熬了。

在第一次迁徙飞行中，因为暴风雨的侵袭，他和尼洛失去了联系。尼洛和大部队走散了，却意外结识了许多新朋友。要不是有哈迪帮忙，在这片苍茫的非洲大地上，在大象、老虎和羚羊此起彼伏的叫声中，米安绝不可能找到尼洛。然而现在，短短几周之后，尼洛又一次消失了。

“尼洛，你在哪里呀？”米安不停地呼唤着，声音中的怒气也已经渐渐消散。

“我真想立刻飞到尼洛身边呀！可她到底去哪儿了：是在北面，还是南面呢？万一我出去找她，等她回来了，却找不到我了怎么办？要不……还是在这里等她一下吧？”可是，等的时间越长，他就越焦虑、越害怕。

“好吧，我总不能每次都为她操心。”米安自言自语道。可他的心却不受控制，刚刚说出口的话，又被抛到了脑后，他开始责怪自己：“我就不应该让她一个人待着，可是……我也不能时时刻刻都守在她身边呀！再说了，谁又能想到，她会这样悄无声息地失踪呢？”

“不过，尼洛也长大了，能够照顾自己了。”米安自我安慰道。他努力让自己冷静下来，却还是着急地在枯树上跳来跳去，想飞到更高的树枝上去瞧一瞧。“天很快就要黑了！我现在又渴又饿！真想找点东西填饱肚子，再找个安全的地方美美地睡上一觉！”

其实，米安很怕独自过夜。他和尼洛在非洲重逢以来，这是他第一次自己睡呢！一想到尼洛，他忍不住又担心起来，心里苦恼极了。

“尼洛为什么不告诉我她去哪里了呢？为什么她要这样悄悄地离开呢？她会不会遇到什么可怕的事情……不行，我不能再这样想下去了。”

最近几天，尼洛变得越来越沉默，她沉浸在自己的世界里，默默地想着心事。她总是站在树枝上，眺望着遥远的地平线，然后开始梳理羽毛。和小伙伴们在河里捉鱼的时候，她会突然开始发呆。尼洛总会时不时地抬起头，仿佛在聆听远方的声音，过了大半天，才一头扎进水里。

之前年轻的鹳鸟们都长大了，不再像以前那样喜欢玩耍嬉戏。不过，大草原上的生活还是很棒的！可是，米安觉得尼洛的行为举止有点怪怪的。

“发生了什么不好的事情吗？”几天前，米安问尼洛。

“没有啊。”尼洛一副心不在焉的样子，慢吞吞地回答道。她似乎总是在神游。

“尼洛总是这样，沉浸在自己的小天地里，满脑子都是怪想法。”米安心想。他重重地叹了一口气，重新把目光投向遥远的地平线，希望能看到尼洛的身影。

“尼洛——”米安用尽全身力气大声喊道。在茫茫的非洲大草原上，阳光的温度渐渐散去，黄昏时分的风儿裹着沙尘，迅速吞没了这一声满怀爱意的召唤。

第二章

太阳缓缓西沉，非洲的天空先是变成橘红，后变成淡紫，然后渐渐混入了夜色的浓黑。直到这个时候，米安才意识到：今晚他必须在枯树干上独自过夜了。自从上次重聚之后，这是米安第一次和尼洛分离，不知道爱人身处何方，这种感觉真是太糟糕了。

“你为什么不回到我身边呢？”米安心想，“或许我应该去找你……可是，我又该去哪儿找你呢？我呆呆地留在这棵树上……就是个错误！可你为什么不告诉我，你去了哪里呢？我可以陪你一起去啊……你就这样飞走了，一句话也没留下，消失在一望无际的树林里……”

夜幕降临，天越来越黑，一只鹳鸟飞行的剪影，出现在遥远的地平线上。

“尼洛！”米安大声呼唤道，“尼洛！”真的是尼洛回来啦！米安的心脏狂跳起来，满心的担忧都化作了喜悦。然而，当尼洛飞到树上的时候，迎接她的却是指责和控诉。

“你到底去哪儿了啊？为什么不提前跟我说一声呢？你知道我这一整天是怎么过来的吗？我都快急死啦！饿得要命，渴得要死，我也不敢去河边，只能在这里等你。而你呢？现在才回来！你最近的行为举止真是太奇怪了，一个字都不肯对我说！你今天一整天到底跑哪儿去了啊？至少要告诉我一声你什么时候回来吧……”米安噼里啪啦地说了一大堆，这下可算把满腔的怒火都发泄了出来。他在尼洛身边生气地跳来跳去，而尼洛——她静静地站在树枝上，一句话也没说。尼洛的羽毛乱蓬蓬的，她在外面奔波了整整一天，身上沾满了灰尘，看起来也是一副又渴又饿的

样子。在这片无星无月的夜空之下，尼洛只想好好洗个澡，吃几条小鱼，和米安一起在树枝上美美地睡一觉。

米安突然安静下来，他发现尼洛一个字也没说。

“你这次真是把我吓坏了，以后不能再这样任性啦！”米安对尼洛说道。声音中的怒火已经慢慢平息，心底涌起一股柔情，他是真心爱着尼洛的！

“你到底去哪儿了呀？”米安再一次问道。

尼洛没说话，她温柔地望着自己的爱人，用嘴巴轻轻地梳理

着他的羽毛。米安陷入了沉默。

“我已经连着好几天都没听到妈妈的消息了。”尼洛终于开口了，“就连我的心……都感应不到她的存在了。我和她离得太远了！我常常在想，是不是因为距离，我们母女才变得如此疏远。我觉得，她离我们实在太远了……至少，和我离得太远了。我飞过几座山，却发现妈妈不在那边。我真的好害怕，这是我第一次感到如此孤独。”

“你还有我呀！我在这里陪着你呢！”米安说道。一想到自己刚才说了那么多气话，他羞愧极了。米安犹豫着，不知道是该开口恳求尼洛的原谅，还是沉默就好，最终他还是开口了：“对不起，我实在是太担心你了。”

“就在前几天，当我在河边捉鱼的时候，好像突然听到了妈妈的声音！那个声音渐渐减弱，仿佛她慢慢地离开了，走远了，越来越远，越来越远……我似乎听到了妈妈的呼唤，可后来却是一片寂静。我真的好害怕，就想飞去找她。现在，我回来了，回到你身边了。”

米安和尼洛谈了整整一夜。在夜行鸟儿的扑翅声中，在非洲大草原各种神秘的声响中，他们的声音被渐渐淹没了。

“睡吧睡吧，你一定累坏了。我就在你身边，会一直陪着你的。”米安说道，“千万不要就这样离开我，那实在太痛苦了。”

“我们明天一起去找妈妈。”尼洛说，“明天就去她住的地方找找看。我很确定，她一定还在无边无际的蓝天上翱翔，在洁白的云朵间穿梭，在清澈的溪流里捉鱼吃。”

米安静静地没说话，他用嘴巴爱抚着尼洛，帮她把羽毛上的灰尘梳理下来。靠在妻子身边，他幸福地进入了梦乡：“尼洛终于又回到我的身边啦。”

第三章

这一天，哈迪早早就起床了。他在泥坑里打了个滚儿，用泥巴粘掉身上的灰尘，洗了一个舒舒服服的澡，整个人都变得神清气爽。

这会儿工夫，哈迪已经飞到树上，迎着暖暖的太阳，一边吹着口哨，一边梳理羽毛。他那小小的嘴巴掠过一根又一根羽毛。“必须打理得井井有条，必须收拾得漂漂亮亮！新的一天就要开始啦！”哈迪对自己说道。

大草原上热气蒸腾，让人头昏脑涨。一连好几天，哈迪的小脑袋里一直有个挥之不去的念头：“为了跟尼洛和米安离得近一点儿，搬到南方居住……这件事，我是不是做错了呢？这里的气候好像并不适合我，凉爽宜人的空气、撒在窗前的面包屑，才是我的最爱呀！不过话说回来，真的好怀念以前的家呢！那里还有一只黑色的大肥猫和一只短尾猫，他俩总是到处溜达，暗地里琢磨着偷袭我！不过，这两个家伙成天都被关在屋子里，只能透过玻璃窗，眼巴巴地看着我享用面包屑！”正当哈迪回忆往事的时候，他突然瞧见一颗美味的浆果。“也是哦，在这片土地上，除了沙漠里有点热，食物还是很丰富的！尤其是那些甜美多汁的水果，实在是太好吃啦！”哈迪感到全身都充满了力量。

“出发吧！美好的一天在等着我呢！”

就在这时，天空投下一片阴影，有什么东西飞快地掠过哈迪的头顶。

哈迪停了下来。“哦，不！”他在心里惊呼，“大事不好！”

哈迪还没来得及抬头瞧上一眼，那片阴影就朝他猛扑过来。

哈迪快得像一支离弦的箭，成功地逃出了敌人的魔爪，他猛地冲向右边，又突然转向左边，然后一闪身躲进了荆棘丛里。那片可怕的阴影差一点儿就抓住他啦！不过这个狡猾的敌人怕被尖刺扎伤，飞上了天空。哈迪又一次成功地逃脱了。“哎哟喂，这样下去我非得感冒不可！全身都湿透啦！”哈迪心想，“天啊，吓得我出了一身冷汗！”这里的天气热得要命，可他却是一身冷汗。他经常为了一点儿小事胡思乱想，总是害怕自己生病。

那只老鹰又飞了回来，他拍拍翅膀，掀起一阵烟尘。哈迪咳嗽起来：“这个坏蛋以为用烟雾耍个小把戏就能把我骗出去，哼哼，如果这两下就能把我吓倒的话，那我这么多年就算白活了！我可比他聪明多了！我现在就闭上眼睛，连气儿都不喘！”

事实上，哈迪咳嗽得更厉害了。草原的灰尘又轻又细，灼伤了他的喉咙。“这只该死的老鹰，你吃点别的不好吗？换个食谱不好吗？把我生吞了也不够你一顿早餐的分量呢！”

老鹰蹲在树枝上，静静地等哈迪钻出荆棘丛。哈迪望着老鹰心想：“就你这样的丑八怪也想吃我？没门儿！我宁可在这儿待上

三天三夜！”他真想大吼一通，发泄出满腔的怒火。

这个时候，太阳已经爬上了天空。热气蒸腾，令人窒息。一只秃鹫飞了过来，站在老鹰身边。他们两个都在等哈迪出来。

“哎哟，今天运气真不错呢！你这个扫把星也上门啦！我都不够当老鹰的早餐，你还指望能剩下点什么呢？反正我是不会离开这里的，我就在这儿待着不动！天气这么热，在荆棘丛里待着还挺舒服的呢。你们俩就等着被太阳烤熟吧！哎哟，希望到时候不会还有别的家伙想要吃我！”

一阵轰鸣响彻草原，一时间地动山摇，草木震颤。树叶发出簌簌的响声，但是一丝风也没有，空气仿佛凝固了。这些天，时不时就会传来这样的响声。老鹰吓了一跳，立刻飞走了。秃鹫慢慢地张开翅膀，然后猛地俯冲下去，好像闻到了什么诱人的香味。

“这次我又成功逃脱了！”哈迪说。他小心翼翼地钻出荆棘丛，警惕地环顾四周，侦查了好一会儿，才抖了抖身上的灰尘，闪电一般飞了出去。

第四章

米安一看到脏兮兮、汗涔涔的哈迪，就忍不住大笑起来。

尼洛感觉她的朋友肯定被吓坏啦！

“发生什么事了？”尼洛问道。

“哎呀，没什么大不了的，就是有两个家伙想在我身上撒点面包屑，把我当早餐吃了！不过呢，我已经逃出他们的魔爪了！现在一切都恢复正常啦！在这个世界上，有人生来就是捕猎者，也有人生来就是猎物。很不幸，谁让我是当猎物的命呢？”哈迪说道，“我说的是不是很有哲理呀？”

事实上，哈迪心里害怕极了，他可不想变成老鹰和秃鹫的腹中餐！“谁愿意这样生活呢？”哈迪抱怨道，“一天到晚总有家伙想要把自己吃掉！”

“因为你看起来很好吃呀！”米安竖起羽毛，想吓唬吓唬哈迪。

“你这话可一点儿也不幽默。”哈迪回答道，他向后退了一步，望着自己的两位朋友。

“欸，出什么事儿了吗？”他打量着小两口，米安和尼洛都没说话，哈迪忍不住说道，“别告诉我……你俩又吵架啦？”

尼洛低下了头。

“我知道了！‘家庭风暴’即将来袭，我还是赶紧回避吧！”哈迪说，“再见啦，我得回去收拾一下自己！”

“你去哪儿呀？别走嘛！让我来把你打扮得漂漂亮亮的！”米安热情地发出邀请。

“这话听着还差不多！”哈迪说道，“不过，我可不想卷进你们的‘家庭会议’！”

“你可是我们的好朋友呀！”米安说道，“不过，我们现在只有一个问题：尼洛想去找她的妈妈，而我想要找一个地方筑巢。”

“就这点儿事吗？根本不值得吵架嘛！你们两个说的都很有道理。你们肯定能在寻找尼洛妈妈的路上，选一个最漂亮的地方，筑一个最棒的鸟巢！你们觉得这个办法怎么样，是不是很不错呀？这个鬼地方实在是太热啦！”哈迪说道。

尼洛不禁被哈迪的快乐传染了，露出了久违的笑容。

“我很久都没听到妈妈的声音啦，真的好担心她！”尼洛说，“你可以陪我去找她吗？我们三个一起去，好不好呀？”尼洛开心地跳了起来。

米安叹了一口气，他一点儿也不喜欢旅行，也不喜欢有一只小燕雀夹在他们中间。他只想和尼洛单独待在一起。

“我就知道……我又把自己卷进麻烦里啦！”哈迪想了想又说，“反正我现在活得好好的，太阳这样温暖，世界这么可爱，我还有两个朋友，可以一起飞去非洲的心脏地带！”

“好吧。”哈迪想，“总的来说呢，今天还是不错的！”

哈迪吹起口哨，开始梳理羽毛，得把自己打扮得漂漂亮亮的，要和朋友们一起旅行啦！

第五章

在遥远的地平线那端，在参天的树林背后，传来一阵噼噼啪啪的声音，好像在远处的平原上，刚刚熄灭了一场大火。这毕毕剥剥的声音，听起来就像是干木头在大火中燃烧时发出的响声！

“发生什么事了？”米安和尼洛害怕地问道。

“这个嘛……根据我的经验，应该是人类在打仗呢！”哈迪回答道，还没等他说完这句话，树下传来一阵窸窸窣窣的声音。茂密的绿色灌木丛轻轻晃动着，好似有微风拂过，可空气却是静止的。

树上的三只鸟儿都很疑惑，他们朝地上望去，却什么都没发现。过了一会儿，灌木丛晃动得更加厉害了，像是有人在给这些小树挠痒痒，逗得这些小树笑个不停，浑身上下都在颤抖。

“这个破地方就不能安静一会儿吗？这又是怎么了呀？我可从没见过会笑的灌木丛！”哈迪说。

米安饶有兴趣地望着哈迪。尼洛却打了个寒战，她踮起脚尖，用力拍了几下翅膀，好像这样能给自己增添一点儿勇气。

忽然之间，一切又归于平静——大家期待已久的安静终于又回来了！“唉，我还是过去看看发生了什么事

吧，我真是太好奇啦！”哈迪说。

尼洛那句“小心！”还没喊出口，一只鬣狗高高地跳了起来，差一点儿就咬到哈迪了。

哈迪飞回枝头，和尼洛、米安站在一起。“瞧瞧吧，我就知道是他们在灌木丛里搞鬼！”哈迪惊魂未定地说道。

“小心下次他们就把你吃了！”尼洛生气地说道，她真为这位冒失的朋友捏了一把冷汗，“今天这已经是第二次了！”

就在这时，树下出现了十几只鬣狗。

“就是这只燕雀天天到处乱飞！都是尼洛让他这么干的！”领头的鬣狗说道，“而她……应该就是尼洛！”

“喂喂喂，你们想干吗？”哈迪说。

米安挡在尼洛身前，想要保护妻子。他张开翅膀，好让自己的个头显得更大一些，一方面想吓唬吓唬鬣狗，另一方面还能给自己增加勇气。“你们可以尽情嘲笑我，但是别想把她从我身边带走！”米安声色俱厉地说道。

“就让鬣狗们在树下待着吧，我太了解这些家伙了！”尼洛说，“我们还是赶快离开这里吧！”

“我们找的就是你！”一只鬣狗对尼洛说道。

“你们找一只鹳鸟干吗？”哈迪问道。

米安气坏了。

鬣狗们笑了：“我们跟了他一路，可算找到你啦！你的好朋友哈迪，是草原上的情报员，多亏了他，我们才能找到你！我们找的就是你，只要你！”所有的鬣狗都大笑起来。

“这和我有什么关系啊？”哈迪懵了。

“你们为什么要找我？”尼洛害怕地问道。

“你难道不知道原因吗？”一只鬣狗说道，她发出了嘲弄的笑声，“你应该被我们吃掉的。你是整个鹳鸟群里最后一个到达非洲大陆的——你是大自然献给我们的贡品，要么被你的同类消灭，要么就得被我们吃掉。这是自古以来的规矩：大自然有一套自己的仪式和法则，即使这很残忍。就算我们不来吃你，你的同类也会来完成这个献祭仪式。对于这一点，我们可是相当严谨的。等着瞧吧，不管你去哪里，我们都会如影随形，休想把我们甩掉！甚至在午夜梦回的时候，你都会见到我们的身影。你可要小心啦，不管是吃饭还是洗澡的时候，我们都会埋伏在你的周围。我叫莉娜，你永远都不要忘记我的名字。”

“你别害怕，有我在这里呢！”米安说道，他用嘴巴轻轻地爱抚着尼洛。

“该死的畜生！赶紧滚开！尼洛可没做什么对不起你们的事！”哈迪说道。

“小家伙，你说得没错，她确实没做什么坏事。不过我可以向你保证，和我们待在一起，她肯定会很开心的！”

鬣狗们爆发出一阵骇人的大笑，他们说出的每一个字都让人

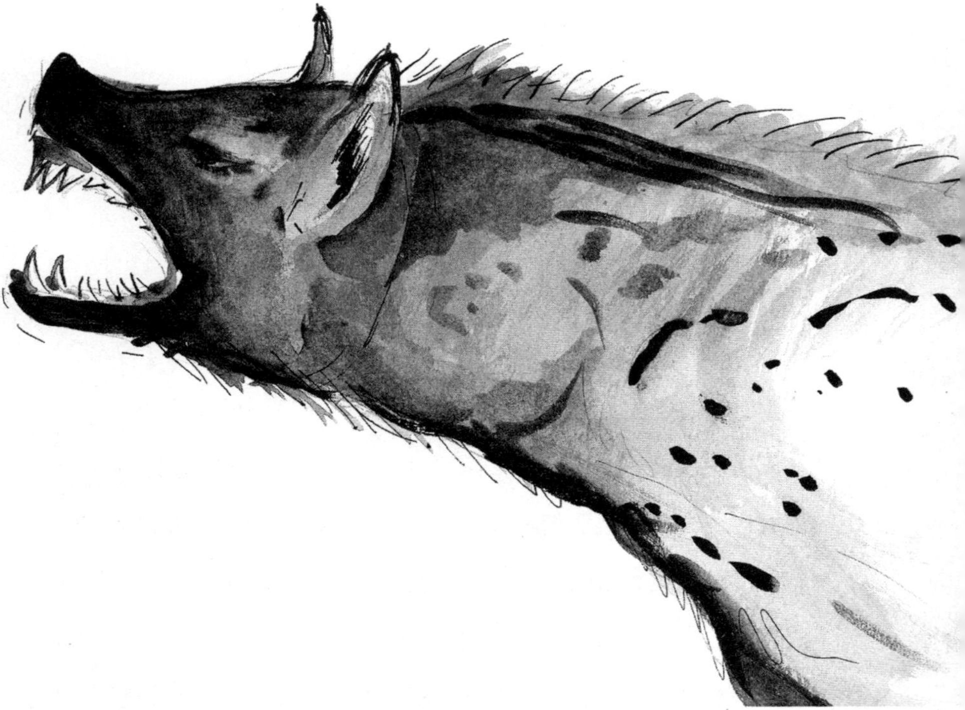

颤抖。一只鬣狗高高地跳了起来，想要爬到树上。

“我们会永远跟着你，休想把我们甩掉。你甚至都没有时间筑巢！”

听了这些话，尼洛吓得要死，她从树上跳起来，和米安一起飞走了。

“喂，等等我呀！”哈迪伤心地喊道。

“这原本应该是美好的一天呀！没想到有了一个倒霉的开始，还有一个更加糟糕的结尾！”哈迪心想。因为恐惧，他用力拍打着翅膀，加快了飞行的速度，连向下瞟一眼的勇气都没有。鬣狗们聚在树下，张着血盆大口笑个不停，血红的喉咙、惨白的利齿，真是太可怕了！

第六章

经历了一场漫长而沉默的飞行之后，三个好朋友停在了一棵野生无花果树上。他们一路沿着新的路线飞行，其间遇到了四五只胖乎乎的秃鹫，有的在阳光下懒洋洋地打瞌睡，有的一边拍着翅膀，一边深呼吸，慢悠悠地消化着肚子里的食物。

眼前这个场景看起来可不太美妙，三只鸟儿谁都不愿意谈起刚才发生的一切。他们全都又累又渴，都很害怕再次遇到那群鬣狗。尤其是一想到他们对尼洛说的那番话，三只鸟儿就忍不住颤抖起来，根本不敢落到地上休息。他们就这样站在树上，静静地你看看我，我看看你。

米安决定拿出点男子气概，表现得坚强果断一些："听着，我们必须去找点水喝，不能一直待在这里。下面有一个水塘，离灌木丛远得很，如果有鬣狗躲在里面，我们完全有时间飞走。我们几个可以轮流放哨。"

哈迪和尼洛都觉得这个建议很好。尼洛望着自己的爱人，满眼都是温柔。

“尼洛，你不要害怕，我在你身边。只要有我在，你就不必担惊受怕。现在我们出发吧！”

尼洛用嘴巴轻轻爱抚着米安：“谢谢你，米安。”

“我们出发吧！”哈迪叹了一口气，模仿米安的语气说道。

鸟儿们找到水塘，正准备下去喝水的时候，忽然发现东边的天空中出现了一团烟雾，看起来像是一块黑乎乎的沥青。

“我有一种不祥的预感。”尼洛忧虑地说道。

三只鸟儿闻到一股刺鼻的味道。

“发生了什么事？”

“要不我们过去看一下？”哈迪提议道。

“你疯了吧！”米安说。

“人类的战火已经离我们越来越近了。”尼洛说。

就在这时，突然传来一阵震耳欲聋的响声，伴随着一阵热浪，一道强光照亮天空，犹如雷声炸响之前劈下的一道闪电。火舌舔舐着天空，一股黑烟直冲天际。空中响起一阵混乱的声音，混合着动物们的吼叫声和鸟儿们的拍翅声。尼洛、米安和哈迪全都吓坏了，由一大群鸟儿组成的“逃命大军”正朝着他们迎面飞来。灰鹤、苍鹭、黄脚绿鸠打前阵，后面紧跟着鹳鸟、鹦鹉、凤头麦鸡、老鹰，以及许多长着弯钩尖嘴的大型鸟类。遮天蔽日的鸟群划破长空，朝着尼洛他们飞来。地面上尘土飞扬，无数只羚羊四散奔逃，后面紧跟着斑马和角马，大象们一边奔跑，一边举着长鼻子呼号，整个队伍由狮子殿后。这场轰轰烈烈的集体大逃亡，身后却没有追兵。不论是捕食者还是猎物，他们都在一心逃命，全然忘记了干渴与饥饿，有的往这里冲，有的朝那里跑，一种令人疯狂的恐惧在身后步步紧逼。眼前的场景十分可怕，透露出一丝诡异的气息。

“他们朝这里冲过来啦！我们得赶紧撤！快，我们换一个方向飞！”米安喊道。

看到天上、地下滚滚而来的“逃命大军”，三个小伙伴都吓呆了，他们赶紧改变了路线。“这些家伙是想逃离战火，人类又在打仗啦！”哈迪说。

“你说的这些我可一点儿都没见着！”米安说道，他把眼睛瞪得圆溜溜的。

“战争的狂热会把整个世界都搅得天翻地覆……”哈迪嘟囔着。

“鬣狗也朝这边跑来了！”米安说道。

三只鸟儿继续飞，直到发现另一个水塘才停了下来，得抓紧时间下去喝点水，顺便填饱肚子。不过，他们必须降落得十分迅速才行，一刻也不能放松！

“我们去那里吧！”尼洛说。

“可我们现在不能停下来啊！”米安抗议道。

“就按尼洛说的做吧！”哈迪急得跳脚，“我现在也又渴又饿呢！”

“妈妈，妈妈！”

一个微弱的声音吸引了尼洛的注意。“是谁在那里？你在喊什么？”尼洛四处张望，好奇地问道。

“妈妈，妈妈！”声音从一根枝头传来。尼洛把目光投向附近的一棵树，看到了一只全身漆黑的小鹳鸟。

她的嘴巴是红色的，身上却黑得像沥青一样。

“小家伙，你在那儿干吗呢？”

“妈妈，妈妈！”

尼洛小心翼翼地靠过去，因为这个小不点真的被吓坏了，她张开小小的翅膀想要起飞，可没能成功，只能在树枝间跳来跳去。在这一片混乱中，这只浑身漆黑的小鹳鸟还不能独自飞行，她似乎是迷路了，只能无助地呼唤着自己的妈妈。

“你叫什么名字呀？”尼洛问。

“我妈妈在哪儿呢？”

哈迪笑了：“瞧瞧这个黑不溜秋的小家伙！你这是被烟熏的，还是被火烤的呀？”

“不许这么说！”尼洛用批评的口吻说道。哈迪从没见过她这么严肃的样子，还隐隐透出一丝担忧。

“你叫什么名字呀？”尼洛问小不点。

“嘉米拉，我叫嘉米拉。”

“你妈妈去哪儿啦？”尼洛继续问，她向嘉米拉靠近了一点儿。

“我不知道，我不知道她去哪儿了。几天前，一场大火烧掉了大树，还有我们的鸟巢……”黑色的小鹳鸟还没说完，就大哭起来。

“这下好了……”哈迪说。

“要不，我们还是走吧……”米安说道，语气里透出一丝不耐烦。

“我们不能把她孤零零地丢在这儿呀！”尼洛说。

“她知道该怎么脱身，你就放心吧！”

“可她和妈妈走散了呀。我们不能抛下她不管！必须得帮帮她！”尼洛坚决地反对道。

“可我们本来是要去找你妈妈的呀！”米安表示反对，“这个小家伙得学会自己照顾自己！”

“看到眼前发生的这一切，我们更不能把她丢下了！”

“捣乱的鬣狗和人类的战争还不够你操心的，现在又来了一只迷路的小鹳鸟！你倒是对筑巢这件事一点儿也不关心呢！”米安继续抗议道。

“我们现在也没时间筑巢呀！当务之急是帮帮这个可怜的小家伙！如果我们不能带她离开，就得找一只信得过的鹳鸟来照顾她。”

尼洛望着这个小家伙，她惊恐地拍打着翅膀，稚嫩的翅膀无法支撑她独自飞行去找妈妈。尼洛的心底涌起一股柔情，回想起自己独自飞行的那段日子，她决定，从这一刻开始，绝不会抛下这个小家伙，正如同当初她没有放弃自己一样。

米安叹了一口气，哈迪拍了拍他的翅膀，劝他有点耐心。于是，他们将继续出发，希望找到一只鹳鸟妈妈，来收养这个黑色的小家伙。

第七章

“不要害怕啦，你跟我们一起走吧！”尼洛靠近嘉米拉，帮她梳理着羽毛。她的动作是那样轻柔，米安的心里一阵感动。“尼洛以后会成为一个很棒的母亲呢。”他心想，“当我们筑好巢以后，她一定会成为一个温柔体贴的好妈妈。”

“我好害怕，我的妈妈在哪里呀？”嘉米拉一直念叨着这句话，“我好久都没见到她了。”

“现在我们来到这里，就是来帮你的呀！你饿不饿？我去给你找点吃的好不好？”

在河流的拐弯处，清澈的河水和散发着恶臭的淤泥搅在一起，只有一个地方看起来还干净些。“我们去那里看看吧。”尼洛说，“鬣狗们不会突然出来抓我们的，在这一片混乱当中，压根儿没人知道他们跑到哪里去啦。”

当嘉米拉跟着三只鸟儿在高高的枝头上跳来跳去的时候，污泥和腐尸的臭气飘了上来。

只有哈迪放声大笑。“想要停下来美美地大吃一顿吗？再也没有比这里更好的地方了呢！伴着这特殊的味道……”他的语气中流露出满满的嘲讽。

当尼洛落到地上的时候，忽然感到地面一阵颤动。在距离她一步远的芦苇丛中，藏着一只奇丑无比的鸟儿。

他看起来有点像鹳鸟，可嘴巴却大得出奇。粉红色的脑袋上一根毛也没有，这副尊容还真不能用“好看”来形容。

“你怎么长得这么丑呀！”哈迪叫道，“别告诉我臭味就是从你身上散发出来的！”

“你才是丑八怪呢！”那只鸟儿回答道，他正专心致志地吃着东西，想享受一下片刻的安静。他慢慢地走了过来，满脸都是阴险的笑容。

“你是鹳鸟吗？你是故意打扮成这副样子，还是因为年纪大了？或者只是因为你生病了？”哈迪笑嘻嘻地问道。

这只鹳鸟个头很大，披着一身蓝色的羽毛，长长的鸟嘴就像一截粗树干。他还有一个大大的嗉囊，上面一根毛也没有。在光秃秃的脑袋旁边，长着两排白色的小绒毛。

尼洛和米安待在原地，愣了好久。“你们……是有点怕我吗？”陌生的鸟儿问，“还是因为附近太臭了？”

这只披着一身蓝羽毛的大鸟朝他们走来，那姿势活像一个王室的大管家。在他身下，一只动物的尸体半埋在污泥里，看起来像是死了好几天了。

“我在吃早餐呢。”大鸟说，“你们想尝一尝吗？”

“还是算了吧，谢谢你！”哈迪连忙回答道。

“你是哪位呢？”尼洛问。

“算起来，我应该是你的表亲呢，只是我们的种类不太一样。你们在这儿干吗呢？或许……你们需要我帮一点儿小忙？”

“你……你不会吃了我的，对吧？”尼洛心惊胆战地问道。米安张开了翅膀，准备接受挑战。

哈迪四处张望，躲在一边为大家放哨。他看到旁边的树上有两只秃鹫……啊不，现在已经有五

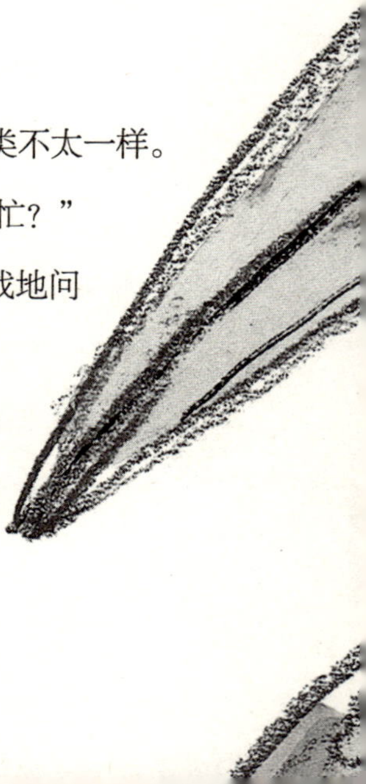

只了。

“你说‘表亲’……这是什么意思啊？”米安问道。

“我也是鹳鸟，只不过长得有点奇怪而已，我是一只秃鹳。千万别告诉我，你们都没听说过秃鹳家族哦！”

“你叫什么名字呀？”

“巴杜，你们呢？”

“他叫米安，我叫尼洛，那是我们的朋友哈迪，这个小家伙叫嘉米拉。”

“别这样看着我！”哈迪抗议道，他扭头望着巴杜，“我还没死呢！哎呀，这里真是臭死了！”

“这里的空气的确很糟糕！”米安说。

“这是战争的味道！”巴杜说道，“到目前为止，战争已经持续好几周了。”

“什么是战争呀？”嘉米拉问道，这个小家伙非常担心自己的妈妈。

“唉，那不过是人类做的蠢事而已，也只有他们能够理解这种事情。在我们动物界，根本就不存在这回事。因为只有在人类的心中，才会产生战争——它就蛰伏在人类心中最阴暗的角落里。我们猎食、保卫自己的领土和巢穴、捕杀动物只是为了填饱肚子和抚育子女，然而战争比这残酷多了。人类相互残杀，把彼此撕成碎片，只是因为他们想争权夺利，想攫取财富，更糟糕的是，有的时候人类发动战争，只是为了享受暴力带来的快感。有些家伙杀掉热爱和平的人，只是为了得到他们的钱财，或是为了操控他人。不是为了吃，也不是为了喝，仅仅是为了得到那些彩色的小纸片。人类啊，真是太荒唐了！唉……”巴杜评价道。他

俯下身子，从污水里拖出一块腐肉，美滋滋地吞了下去。

“你真是太恶心了！”哈迪说道，尼洛也扮了一个奇怪的鬼脸。

“我太了解人类啦，我在屠宰场旁边生活了好几年呢！在那

里，他们给我喂了好多上等鲜肉！后来，战争爆发了，我才不得不回到大草原。人类烧毁了房屋和树木，他们摧毁了一切，破坏了一切！你们明白吗？”

“你愿意收养这个小家伙吗？”尼洛突然说道，她指着嘉米拉。

“我？收养一只黑色的小鹳鸟？我怎么能做得到呢？”巴杜笑着回答道，“你们啊，还是太年轻啦。”他展开翅膀，活动了一下身体。“尤其是你。”他对尼洛说，“你们根本没办法照顾她。”

“你太小瞧人了吧，为什么这么说呢？”米安问。

尼洛感到骄傲和幸福，因为此时此刻，她的爱人和她站在同一战线上。

“是呀，为什么啊？”哈迪一边说着，一边跳上一根更高的树枝。

巴杜看着他们：“要我说，你们想干吗就干吗吧！只是不要和大自然的法则作对就好，也不要违反草原的规则。我们都在孤军奋战，迟早会全军覆没。可是，如果你们想要帮助这只小鹳鸟的话，就是在自找麻烦，甚至会丢掉性命！”

尼洛望着嘉米拉，陷入了沉思。她回想起自己在旅途中与妈妈失散，独自一人飞完全程的日子。她好想念那些曾向她伸出援手的朋友们，一种责任感在她心中油然而生：“我一定要留在嘉米拉的身边。”

“我妈妈去哪儿啦？”嘉米拉不停地重复着。

“为什么她不在我身边呢？为什么她不来找我呢？”嘉米拉问尼洛。

尼洛、米安和哈迪围到嘉米拉身边。“我们给你找个新妈妈吧，你觉得怎么样？”哈迪说。

小嘉米拉大哭起来：“我要我自己的妈妈！”

“我……我说错话了吗？”哈迪吃惊地问道。

“哈迪，你真该好好学一下闭嘴的艺术！”米安批评道。

“没人愿意照顾这个小家伙的，你们就别妄想啦！”巴杜还是坚持他的观点。

第八章

“你这个家伙不仅长得丑，心眼也坏！”哈迪说。

“我在臭泥坑里生活，在腐尸堆里刨食，早就成为哲学家了！我不丑也不坏！我只是看透了现实而已！”

“他说自己长得不丑呢……”米安笑着说道，他向哈迪抛了个默契的眼神。

“人家美着呢！”巴杜抗议道。“每一只秃鹳都很漂亮！大家都是上帝的杰作，没有鸟儿是丑八怪！上帝把我设计成这个样子，那就说明他喜欢我这个样子！因此，每一只鸟儿都是美丽的！有的脖子长，有的脖子短，也有我这种肥肥的粗脖子；有尼洛这样优雅的鹳鸟，飞起来轻盈舒展，当然也有粗笨的鹳鸟，行动迟缓。但是我们每一只鸟儿都是美丽的，请你们不要忘记这一点。就连哈迪也是美丽的。”巴杜一脸严肃地说道。

听完这一席话，巴杜在这三位朋友心中的形象，立刻就变得高大起来。“必须得找到一个能像我们一样照顾嘉米拉的人。我们会向你证明，即使是哲学家，也有犯错的时候！”尼洛说，“但嘉米拉现在必须和我们待在一起，看看有没有其他鹳鸟愿意收养她，直到她可以独自飞行为止。”

“如果你们这样说的话……”巴杜说，“我期待着和你们四位早点重逢。祝你们好运！”他继续在烂泥里慢慢地行走，像是一位疲倦的绅士，留下一股令人窒息的臭气。

“再见啦，巴杜先生！”哈迪说道。

“再见啦，朋友们！”秃鹳低下头，有礼貌地说道。

“现在，我们赶紧离开这里吧。”尼洛说，“我们可以沿着海岸线到湖边去！”

鸟儿们在枝头上跳来跳去。尼洛注意到，米安一句话也没说。

“你不开心吗？”尼洛问。

“如果一直这样下去，我们永远也筑不成巢，也找不到你妈妈了！”

尼洛陷入了沉默，她转头看看嘉米拉，这只小鸟无助地颤抖着。“米安，你瞧瞧她，如果让她独自在草原上生活，她一天也活不下去！求你了，耐心一点儿好吗？”

“妈妈！”嘉米拉喊道，她转过头望着尼洛，“我好饿！”

尼洛的心瞬间融化了。她飞到小家伙身边，用嘴巴轻轻地爱抚着她，帮她梳理羽毛。

就在这一刻，尼洛突然明白了：或许嘉米拉的出现，就是为了给她和米安的小家庭增添欢乐呢！

“米安，经过漫长的等待，当筑巢的那一刻来临的时候，会变得更加甜美呢！”尼洛对爱人说道。

就在这时，尼洛仿佛听到了妈妈微弱的呼唤声。

“你还在这里吗？妈妈，你要等我，我一定会找到你的。我们一直都没有放弃！”

米安看着尼洛幸福的面庞和闪闪发亮的眼睛。“当你做出决定以后，没人能让你改变想法了，对吗？”他问尼洛。

“是的，我现在很幸福。米安，等着瞧吧，我们会一起筑巢，也能找到妈妈的，相信我！”

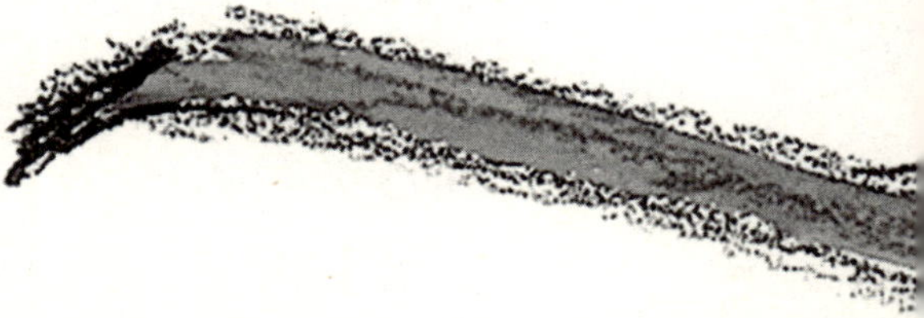

米安张开翅膀，用力地拍了几下。

“你要学着耐心一点儿，没人生来就是好脾气，这也是需要慢慢学习的。”哈迪说道，他模仿着巴杜的声音和动作。

米安看着哈迪，真想踹他一脚。然而，他只是重重地叹了一口气。米安心里终于明白了：“这不就是忍受哈迪吗？我可算明白什么是真正的耐心了——就是要考虑别人的感受！”

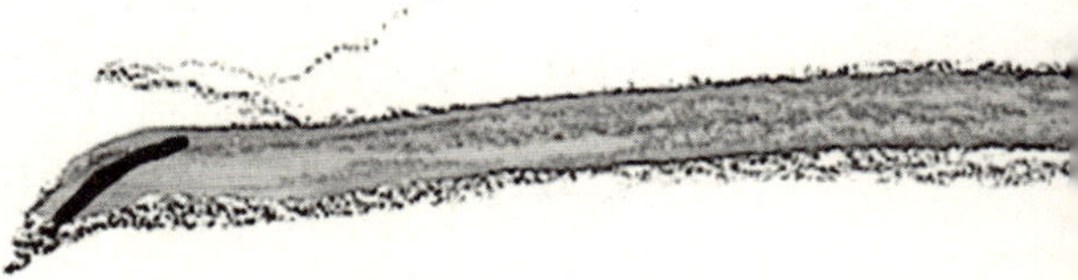

第九章

尼洛正忙着填饱嘉米拉的肚子呢。她在树枝间跳来跳去，从这里蹦到那里。就在这时，尼洛看到一大群鹳鸟飞过她们的头顶，朝着湖泊和沼泽飞去。

“我们该怎么办呢？要不要躲起来？”

“为什么呀？他们看起来并没有什么威胁呀？”米安回答道。

一只鸟儿离开了大部队，在空中盘旋了一圈，然后钻进了树林里。他看起来很像鹳鸟，但又有点不一样。

“我们去看看。”尼洛好奇地说道。

当鸟儿们见到这只鹳鸟时，发现他长着一张金黄色的嘴巴，脸上还有一块红色的印记。

“你生病了吗？”米安问道。

哈迪大笑起来：“这是什么鬼地方啊？怎么这里的鹳鸟都长得这么奇怪？一只张着大嘴吃腐肉，另一只长着黄嘴巴、大红脸……”

“我才不奇怪呢！我是黄嘴䴉鹳！你们是从哪儿来的呀？还有你，你是什么鸟儿啊？”

“难道你看不出来吗？我是一只燕雀呀！”

“难道你看不出来吗？我是一只黄嘴䴉鹳呀！”黄嘴䴉鹳学着哈迪的语气说道。

哈迪做了个鬼脸，他最讨厌被人捉弄啦。米安却笑了起来。

“我们正在找能照顾嘉米拉的鸟儿呢！”

“你是说那只黑色的小鹳鸟吗？你们要对那个小家伙做什么？”

“我们在帮助她呀！她的妈妈不见了，她孤零零的，身边也没有可以依靠的朋友。我们想找一个能照顾她的人！”

“我刚刚才筑好自己的巢！”黄嘴䴉鹳说道。他赶忙跳到旁边的树上——他的老婆、孩子正在窝里等他呢!

“你们可以一起照顾这个小家伙呀!”尼洛说道，她为自己的天才想法激动不已。

“没门儿!养活三个小家伙已经够辛苦了，要是再添一张嘴巴，大家都会饿死的!”

就在这时，鸟儿们看到一群黄嘴鹮鹳正围着一头陷在泥巴里的水牛，他们有的在水牛身上走来走去，啄食着牛背上的小虫子。水牛这个庞然大物的嘴巴嚼个不停，脸上的表情那叫一个专注。

“我好饿呀。”嘉米拉说道。

尼洛用嘴巴轻轻爱抚着小家伙，“我们这就走。”她只说了这么一句。

米安和哈迪四目相对，哈迪拍拍翅膀，好像在说:“这个家伙真不够意思!”

“我们还在你身边呢。”尼洛对嘉米拉说，“我们走。”

鸟儿们找了一个靠近湖泊的地方。尼洛忙前忙后，想给这只黑色的小鹳鸟带点吃的东西回去。

“想给嘉米拉找个‘保姆’，还真不是一件容易的事啊!”哈迪说道。

“我早就跟尼洛说过了！没人愿意照顾这个小累赘。这违反了大草原的法则。可她实在太倔了，根本不愿意相信。她总是想着帮助别人！”

米安在水面滑翔，他刚刚准备降落的时候，看到了一只长相滑稽的鹳鸟：“哈迪，快来呀，拜托啦，你快来看一看呀！”

“我简直不敢相信自己的眼睛！”哈迪说道。他看到了一只巨大的鹳鸟，那张大嘴看起来就像人类的大鞋。“千万别跟我说，你也是一只鹳鸟！”说完，哈迪爆发出一阵大笑。

“我当然是鹳鸟啦，这有什么好笑的？我很为自己的嘴巴骄傲呢！放眼大自然，谁的嘴巴能比得上我！我可是一只美丽的鹳鸟呢！”这只鸟儿骄傲地说道。她慢吞吞地踱着步子，那张鞋子一般的大嘴，能轻轻松松地捉到湖里最肥美的鱼儿。

这只鹳鸟的个头也和成年人类一样高。

“这片草原上的动物都好虚荣呀！天天什么事都不干，就是夸耀自己的美丽！每个动物都是这副德行！我也不是说他们长得丑啦，但确实有点奇怪嘛。”

这时，一只雄鹳鸟出现在他们面前。“你们有什么问题吗？”他的语气充满了威胁的味道。这两只高大的鹳鸟站在一起，再加上那张大嘴，看起来还真有点吓人呢。

“不不不，一切正常！”哈迪说道，“我们还是赶紧离开吧！这些大嘴鹳鸟不仅长得丑，还到处吓人。他们的个子实在太大啦！”

“这个时候，问他们愿不愿意收养嘉米拉……是不是不太合适啊？”

“这两个家伙会把她一口吞掉的！”

“再见！”米安说。

“再见！”哈迪说。两只鸟儿赶紧飞走了，还为嘉米拉带了几条小鱼。

第十章

“你们回来得真快！是遇到鬣狗了吗？”尼洛笑嘻嘻地问道。

“比鬣狗还要糟糕！我们遇到了一只巨型鹳鸟，她的嘴巴和人类的鞋子一样大！披着一身灰毛，可吓人啦！我觉得，还是让嘉米拉再在咱们身边待一阵子吧。”哈迪说道。

米安来到嘉米拉身边，给她喂食。他以前从没这样做过呢。“慢点儿吃呀！”米安说道，他望着狼吞虎咽的嘉米拉。

“如果你做什么事情都按这个速度来的话，相信你很快就能独自飞行去找妈妈啦！”

看到米安的举动，尼洛惊讶极了。这可是他第一次对嘉米拉这样关爱呢！就连哈迪的嘴巴里，也衔着一条小鱼。

“呸！”哈迪说道，他把小鱼吐了出来，“我真心搞不懂，你们是怎么吃下这些东西的。窗台上的面包屑可比这美味多了呢！樱桃也比这好吃！当然啦，米糕才是我的最爱。那些美味，简直

令人发狂！”

米安看着这只小燕雀，只见他闭着眼睛，晃着脑袋，像是梦游一样念念有词。

米安溜到哈迪身后，用嘴巴拱了他一下，好让这个小家伙赶快从美食的白日梦中醒来。

“走吧，我们出去转一圈，你也一起来吧！在长大之前，你得先学会独自飞行！”米安说道，梳理了一下嘉米拉的羽毛，他就飞上了天空。

四只鸟儿并排立着，在树上欣赏落日。尼洛往米安身边挪了挪。

“你能给嘉米拉带小鱼吃，真是太棒了。不管用什么样的方式，我们总是要照顾身边的人呀。我以前遇到过的事情，也降临在嘉米拉的身上了。现在，能够帮助这个小家伙，我真的好开心呀！好憧憬将来我们共同筑起鸟巢，一起生活的场景啊！”

“我们很快就会筑起自己的鸟巢。”米安说，他用嘴巴爱抚着尼洛。

嘉米拉望着远方。“你们说，在未来的某一天，妈妈会来接我吗？”她转过头，对米安和尼洛说，“你们觉得她会回来找我吗？”

三位朋友望着小家伙，不约而同地想道：“我们真应该好好

帮帮她呢！”对于生活的感动和憧憬温暖了他们的心田。

美美地享用了一顿“小鱼盛宴”之后，嘉米拉闭上了眼睛，一边思念着妈妈，一边进入了香甜的梦乡。

第十一章

哈迪陪着这只小小的黑鹳鸟。

“给我讲个故事吧，你给我讲个故事嘛，求你啦！”嘉米拉说道。

“你知道吗，狼是一种很贪吃的动物呢！据说，有这样一只饿狼，在参加宴会的时候，狠狠吃了个饱，撑得都快不能呼吸了。差一点儿就死掉了呢！”哈迪开始讲故事了。

“真的吗？”嘉米拉吃惊地问道。

“当然啦！他吃得实在太快了，一根骨头卡在了喉咙里。幸亏旁边有一只鹳鸟，他发现狼遇到了麻烦。狼张开嘴巴，好让鹳鸟把他喉咙里的骨头取出来。一只像你一样的鹳鸟，救了一只凶猛的野兽呢！”

嘉米拉认真地听着，一双小眼睛瞪得圆溜溜的。

“他也是一只黑色的鹳鸟吗？”

“据说……是这样的呢！”哈迪回答道。

“然后呢？”

“鹳鸟帮了狼这么一个大忙，想向狼寻些好处。”

“那狼是怎么回答的呢？”嘉米拉问道，她呆呆地张着嘴巴。

“‘你是在开玩笑吗，我亲爱的朋友？！’狼回答道，‘你能把脖子从我嘴巴里收回来，已经是天大的恩惠了！你真是个忘恩负义的家伙！我警告你，下次可别落在我的手里！’”

“你就不能讲点正能量的故事吗？”米安说道，他看到嘉米拉都快吓哭了。

“如果她连故事都害怕，又怎么能在大草原的法则下生存下去呢？”哈迪疑惑地说道。

米安想让妻子独自待一会儿，因为她实在太累了。不过尼洛还是想和小伙伴们待在同一棵树上，她只是飞上了最高的枝头，眺望着远方。在夕阳的照耀下，尼洛是如此优雅美丽。纯白的羽毛先是染上了一层橘色，然后又变成粉色，最终变成夜空一样的深蓝。她一直尝试着用心电感应和妈妈沟通，把米安和哈迪的故事都告诉她，当然啦，还有嘉米拉，她是如此单薄弱小，又是如此需要呵护。就是因为这个小家伙，尼洛的行程才被耽搁了，她想要得到妈妈的谅解与支持。她既不能丢下这只黑色的小鹳鸟，也不想失去和妈妈重聚的机会。不然的话，尼洛是无法原谅自己的。

“要永远追随着你的心，听从它的指示。你应该学会倾听，因为那是来自内心深处的声音。追随着你的心，它将会帮助你做

出正确的选择，做你该做的事情！我要你全神贯注，认真聆听。这个世界纷纷扰扰，太多人听不到内心的呼唤。”

待在最高的树枝上，尼洛独自度过了一夜。在这片繁星点缀的夜空之下，尼洛在内心深处和妈妈聊了好久好久。在漆黑的大草原上，疲惫而又幸福的尼洛，和她的旅伴们一起进入了梦乡。

第十二章

“快点，起床啦！太阳马上就要升起来啦，新的一天就要开始啦！”哈迪说道。

“和燕雀做朋友，真是一点儿也不幸福呀！”米安说道，他还迷迷糊糊地没睡醒呢。

“托比也经常这么说呢！”

“托比是谁呀？”

“他是一只小老鼠，是我在城市中生活的时候，结交的一位朋友。虽然他经常抱怨，总说受不了我这，受不了我那，却成天和我混在一起。”

“你还和老鼠交朋友呀？”

“是啊，不过都是好几年以前的事啦！那时候我还年轻，在城市里过冬都是小意思！我关心他，他照顾我！”

“看来大自然真是疯了！”米安说道。他瞟了哈迪一眼，然后又把目光投向嘉米拉，心里想着：“我们这些奇怪的行为，也是大自然疯狂的作品吧！”

“照顾一只黑色的小鹳鸟？休想！”一只红嘴鹳鸟喊道。紧接着，一只黑嘴鹳鸟和另一只红嘴鹳鸟也给出了同样的答复。红嘴鹳鸟站在鸟儿们面前，在她的嘴巴上面、眼睛下面，长着一块黄色的“鱼鳞”，看起来像是一个小小的马鞍。“看看我这一身五彩斑斓的羽毛！我才不想收养一只黑色的鹳鸟呢！”

“为什么呀？”

“带着这样一个小家伙，怎么出门呀？一身黑毛，还配了个红嘴巴！真是太丑了！我都替她害臊！我这一身五颜六色的羽毛多美呀。我可不想让这么一只丑小鸟待在身边！”红嘴鹳鸟低头欣赏起自己在水中的倒影，然后又居高临下地打量着嘉米拉。

“我明白了。我们走！”尼洛说道，“不要在这里浪费时间！”

“没错，我们不跟他们浪费时间！”米安附和道，他完全赞同尼洛的说法。

“我们见过的美人多了，你算老几！”哈迪说。

三只鸟儿为嘉米拉寻找“妈妈”，嘉米拉跟在他们后面，在树枝间跳来跳去。他们遇到了一只长相古怪的“鹳鸟”。

“我？让我照顾一只黑色的小鹳鸟？”这只白鹮说道。“我们世世代代都守护着国王和法老的陵墓，你们觉得，我有工夫照顾这个小家伙吗？她这身羽毛倒是够黑的呢！”白鹮冷笑着说，“不过嘛……”这只鸟儿张了张弯弯的嘴巴。“你们真是一点儿教养也没有！都不懂得尊重像我这样的贵族！两只鹳鸟外加一只燕雀，居然还敢要求我收养一只黑色的小鹳鸟！”他傲慢地说道，“我不想跟你们说话！去问你们的同类吧！”

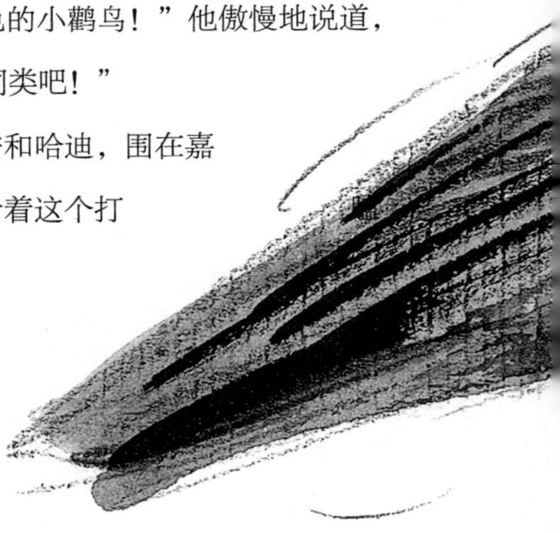

半天时间过去了，尼洛、米安和哈迪，围在嘉米拉周围，一动也不动，静静地看着这个打睡的小家伙，思考着她的未来。

“我们该拿她怎么办呢？”为了不把嘉米拉吵醒，米安压低了声音。

“我也不知道呀！”尼洛说道，“比起其他的，嘉米拉不想让别人照顾她，这才是真正的问题！”

“但我们还在呀！我们可以照顾她！”哈迪说道。

“这根本不够！她更需要来自爸爸妈妈的爱！”尼洛说道，她的喉咙哽咽了，忽然有一种想哭的冲动，“我也好想找妈妈呀！”这个愿望越来越强烈，尼洛能感觉得到，妈妈就在附近，只要飞上几天，就能见到她啦！可是嘉米拉的出现，却像是一根绳索，牵绊住了尼洛前进的脚步。

“等着瞧吧，我们肯定能找到一个愿意照顾她的人！大家不要气馁！”米安说道。

“我们一定能找到的！我也是这样想的！”哈迪这样回答道。可他心里却想，“嘉米拉不想要其他人照顾呀……”

“问题是，我根本没在附近看到过黑色的鹳鸟！”

“那我们该怎么办呀？”

“想要把她带在我们身边，这几乎是不可能的。等她学会独自飞行，还得花上好几周的工夫呢！”

尼洛变得忧郁起来：真的好想去找妈妈呀，可她又不忍心丢下孤零零的嘉米拉。

“我不要别人照顾！我和大家长得都不一样，我才不要他们管！”就在这时，半睡半醒的嘉米拉喊了一嗓子。

“我们都在你身边呢！”尼洛回答道。

“我们三个都在照顾你呢！”米安说道。“如果帮助嘉米拉能带给我们欢乐……简直不敢想象，等我们拥有了自己的小窝的时候，那该有多么幸福呀！”他小声对尼洛说道。

尼洛用嘴巴爱抚着米安。

而嘉米拉呢？她这会儿已经打起呼噜啦。看到小家伙这副样子，三只鸟儿又变得伤感起来。

“我有办法了！”哈迪突然跳了起来，“一个超棒的主意！跟我来！”

尼洛和米安跟在哈迪身后，来到一个小池塘旁边。这里有许多淤泥。

“你要干吗呀？快停下！”尼洛对哈迪说道。

“一起来嘛，就像我这样！”哈迪一边说着，一边在污水里拍打着翅膀。

当尼洛看到脏兮兮、黑乎乎的小燕雀时，忍不住爆发出一阵

大笑。她也在泥巴里打起滚来，可米安似乎还是很抗拒这个无聊的游戏。“快来呀，一起在泥巴坑里打滚呀！”尼洛说道。三只鸟儿身上都沾满了黑乎乎的泥巴，他们要飞回去找嘉米拉啦。

“现在我们和你一样啦！”尼洛说道。

嘉米拉的笑声，让他们的郁闷顷刻间烟消云散。哈迪、米安和尼洛开心地笑了起来。

第十三章

人类战争的阴影，似乎一直在追随着四只鸟儿。在遥远的地平线那端，几乎每天都会升起熊熊大火和巨大的乌云。枪声和哀号声在草原和森林间回荡。两只鹳鸟和小燕雀，带着黑色的小鹳鸟在山谷中寻找庇护所。在出发去寻找尼洛的妈妈之前，鸟儿们得找到一个安静的地方养精蓄锐。

“这个破地方就从来没安静过！连一天清净日子都没有！每天都像世界末日一样！我们要为自己争取，要为自己抗争——哪怕只是片刻的幸福，这是每个人的权利！每个人都有权利享受‘幸福日’！”哈迪说道。

“你想说什么呀？”米安问哈迪。

“我是说，你需要时不时放松一下，抽出个周一、周二，或者是周日——反正哪一天都好啦！做点自己想做的事情，做点让自己开心的事情，把那些烦心事儿全都抛到脑后。哎呀，我给你举个例子好啦。我呢，在这一天就什么都不干！我最喜欢待在老房子的屋顶上啦，安安静静地享受日光浴，偶尔和路过的小麻雀聊聊天，或者和乌鸦探讨一下人生，在泥塘或是花园的喷泉里打个滚儿，飞到人类的窗台上，吃点面包屑或是蜂蜜蛋糕渣，有些小孩和妈妈很喜欢鸟儿哟！然后呢，再欣赏一下欧斑鸠满怀爱意的歌声，那是恋爱中的鸟儿献给另一半的情歌呢！别急，我的故事就快讲完啦。在临近黄昏的时候，你就会觉得这个世界真是太美好啦！简直就像天堂一样！当夜幕降临的时候，我飞进小树林，夜莺正在动情地歌唱。我待在那里，一听就是好几个钟头。用这样一个美好的节目，为幸福的一天收尾，实在是太棒啦！”

“那你现在为什么不这样做了呢？”米安问道。

“首先，因为我是你们的朋友，要帮你们分担烦恼嘛；其次，如果我现在躺在房顶上，不出三分钟，肯定就会冲出来一个想吃我的坏蛋！说实话，想要挑个日子，好好享受‘幸福日’，也不是一件容易的事情呢！”

尼洛叹了口气：“可是，那样真的很幸福呀！”

当鸟儿们在枝头上跳来跳去，商量着该如何躲避战争的时候，他们看到一大群白色的鹳鸟出现在河边。

“快看呀！”米安说道。

“我们该怎么办呀？”尼洛有点惊慌，与此同时，她也很想和自己的同类聊上几句。

危险的鬣狗预言犹如一颗炸弹，随时都可能把他们炸得粉身碎骨。

“哎呀，我们该怎么办呀？”

“他们知道我的事情吗？”尼洛的脸色暗淡下来。

“问题是你想不想让他们知道！我觉得鬣狗肯定在撒谎！难道整个草原上的动物都听说过你的名字吗？难道所有人都知道你是最后一只抵达非洲的鹳鸟吗？我才不信呢！鬣狗是在糊弄我们呢！咱们也下去喝点水吧，我现在渴得要命！”

为了让尼洛放下心来，米安派哈迪先过去探探路。哈迪下去转悠了两三圈，他在河边看到一对鹳鸟，他们正在专心致志地吃鱼、喝水呢。

“一切正常！”哈迪回来了，可话刚说了一半，两只鬣狗猛然蹿出来袭击了一只白色的鹳鸟。一声惨叫响彻河岸。“快逃！快起飞呀！”河边的那只鹳鸟喊道，他朝着妻子飞去，想要保护她。

那只雄鹳鸟还没来得及飞离地面，就被一只鬣狗咬住了翅膀。“你……快走！”他艰难地吐出一句话。鬣狗张开血淋淋的大嘴，把他们的战利品带走了。

那只雌鹳鸟飞到空中，绝望地哀鸣着，根本不敢飞回地面。为了救她，丈夫牺牲了自己的生命。

“该死的鬣狗！”哈迪愤怒地喊道，他在鬣狗们的头顶盘旋，“你抓错人了！”

首领莉娜把战利品留给了其他鬣狗，她抬起头四处张望，看到尼洛、米安，还有嘉米拉站在高高的树枝上。

“你抓错人了，愚蠢的鬣狗！”惊恐的哈迪又说了一遍。

莉娜咆哮了一声，她咬紧牙齿，眼睛里射出仇恨的光芒。在捕猎的过程中，她把那只鹳鸟当成了尼洛。这个错误让她燃起满心怒火。“下次就轮到你了！这就是你的下场！”莉娜冷笑着说道，“尼洛，我们总有一天会捉到你的，你就等着瞧吧！”鬣狗们张开沾着血的大嘴，疯狂地大笑起来。

那只死里逃生的鹳鸟在空中盘旋着、哭泣着，呼唤着爱人的名字。丈夫用自己的生命，换来了妻子的平安。鬣狗们离开后，她再也飞不动了。这只疲惫而又痛苦的鹳鸟落到一棵树上，把头向后仰着，为那逝去的爱人，唱起爱情的悲歌。

“我们走吧。”尼洛说道，“听着她的哭声，我一刻都待不下去啦！”

“我也是。”米安说，“我们需要一颗坚强的心。”他一边在尼洛身边飞着，一边忧伤地想：“或许我真的没有那样的勇气，可如果是为了保护尼洛，我一定能做到！”

满怀恐惧和忧伤，鸟儿们在树林间跳来跳去。尼洛的脑子里乱成了一锅粥：“就算我不愿意承认这个事实，鬣狗们迟早都会出现的。而嘉米拉的存在——就像秃鹳哲学家巴杜说的那样——会拖延我寻找妈妈的步伐，甚至有可能让每个人都身处险境。”

第十四章

“嘉米拉该学习飞行技巧了！她必须飞得又快又好！”米安说道。他张开双翼，在树枝上用力拍打翅膀：“看到了吗？就像这样！”

“可她连飞行的力气都没有呢！”尼洛说。

“试试嘛！”哈迪飞到小家伙面前，拍打着翅膀，“你瞧，多简单呀！”

嘉米拉把嘴巴闭得紧紧的，使出全身的力气拍打着翅膀，小模样看起来滑稽极了。“就是这样，很不错！”可她的努力，却没什么值得高兴的——嘉米拉压根儿就没离开树枝！连一厘米也没有！“我能行！”嘉米拉说道，她想展示给大家看，“我已经长

大啦！”

“这已经超出了她的能力！她根本不可能做到的！”尼洛说。

嘉米拉犹豫了一下，然后闭上眼睛，跳下树枝。像是被一股风儿裹挟着，她一会儿偏向右边，一会儿偏向左边。

“伸直双腿！直线飞行！”尼洛一边教她，一边大声喊道。

“救命呀！！！”嘉米拉喊道，她已经控制不住自己了。

米安和哈迪也赶忙飞去帮助嘉米拉，她还死死地闭着眼睛呢！“绷紧翅膀，保持平稳！睁开眼睛，找好降落地点！我再说

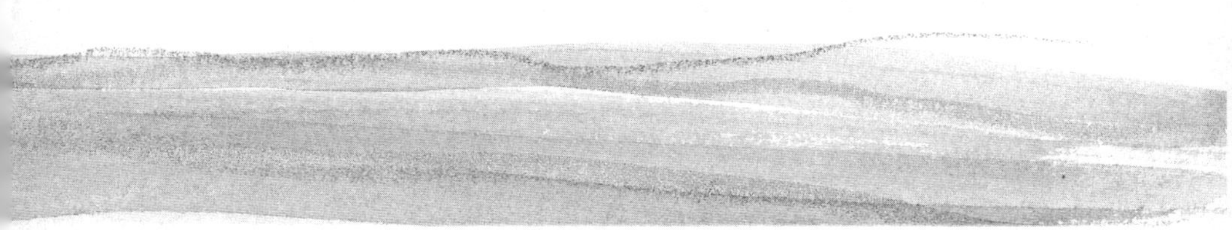

一遍，睁开你的眼睛！”

尼洛撞了嘉米拉几下，帮助她修正飞行路线。这只黑色的小鹳鸟没有落地，滑翔了一段距离后，飞了起来。嘉米拉飞了一会儿，小心翼翼地睁开半只眼，然后把眼睛瞪得圆溜溜的：“飞翔的感觉真是太棒啦！”

“拍翅膀，拍翅膀！”米安喊道。

“啊啊啊！”嘉米拉喊道，“我——会——飞——啦！”她乘着风儿，在空中上下飞舞，就像一只挣脱了线的风筝。

“这真是个奇迹！”

他们一口气飞了好远。

“救命呀，嘉米拉掉进池塘里啦！”

“救命！”尼洛喊道，“快来呀，米安！”

“我该怎么办？我该怎么办？”

嘉米拉掉进了深深的池塘中。“救命啊，救……”还没等她喊出下一个字就呛了好几口水，她已经开始下沉啦！

“哦不！！”尼洛绝望地喊道。

就在这时，水面上突然出现了一只黑色的鹳鸟，竟然是嘉米拉！仿佛池塘底部正在不断上升，把她托了起来。小家伙全身上下都湿透了。

“发生什么事了？”哈迪惊呼道。米安惊讶地瞪大了双眼，尼洛松了一口气，可她的小心脏却还是突突跳个不停。

“叫你们不要飞那么远嘛，你瞧瞧！”一只河马笑嘻嘻地说道。他从鼻子里喷出两股水花，从满是淤泥的池塘里浮了上来。河马把鼻子探到水面上：“我真的搞不懂，怎么会有一只黑色的鹳鸟落到我的脑袋上呢？”

这座“巨大的岛屿”和他的伙伴们在水面上漂浮着，他打了一个大大的哈欠：“你是来给我清洁牙齿的吗？”

“咦，好恶心呀！”哈迪说。

“恶心？”河马惊奇地说道，“你们的亲戚牛背鹭可不这么想哦，之所以叫这个名字，就是因为他们喜欢吃我们背上的寄生虫，还有牛椋鸟也是这样呢！这些鸟儿在我们的背上啄来啄去，专挑跳蚤和蚂蟥吃！你们几个能提供什么样的服务呀？”

“什么服务也没有！”米安生气地说道。

就在这时，嘉米拉却傻乎乎地笑了起来，这场飞行的体验还真是格外新奇呢，可把小家伙累坏啦！“你还好吧？”尼洛问道，她也飞到了河马的背上。

“飞翔的感觉真是太棒啦！”嘉米拉不停地拍打着翅膀，想把羽毛甩干。

“是呀，所以你才要好好学习呢！这次幸亏有河马先生出手相救，下次可不见得会有如此幸运了！”

“两只鹳鸟，一黑一白！我要是把这个故事讲给朋友们听，他们一定都会笑掉大牙的！哎呀呀，看来大自然真是疯了呢！”

这只庞然大物继续在水里漂浮着，咧开大嘴，绽放出灿烂的笑容。

“请你不要潜到水里去！”尼洛恳求道，“帮个忙，把我们带到河对岸去吧，谢谢啦！”

“难道你们不会飞吗？”

“这个小家伙还不太会飞呢！本来今天只是想让她试试，结果却掉到了您的背上！”

河马又笑了起来，他在河里游动的时候，就像一座会移动的岛屿。

“让我们也坐坐顺风车吧！哈迪，快来呀，我们也去转一圈！”米安也飞到了河马的背上。

“我才不信任这个大家伙呢！”哈迪说道，他在朋友们的头顶上飞来飞去。

河马开心极了，不停地从鼻子里喷出一股股水花。

很快，他们就来到了河对岸。在这里，根本看不到鬣狗的影子。嘉米拉跳上岸，米安和尼洛也飞到了沙滩上。

“谢谢你载我们过来！”尼洛说，“你叫什么名字呀？”

“我叫阿米尔，是一位年轻的王子。”

“王子？”嘉米拉惊奇地问道。

“是的，你知道吗，河马们也有自己的王子呢！”

“太棒啦，阿米尔！你帮了我们的大忙，对我们真是太好啦，谢谢你！这些慷慨的举动，证明你拥有王子的灵魂！你对我们伸出了援手，我们也会把这份‘礼物’回馈给别人。以后谁要是需要帮助，我们也会像你一样热心的！”

听了尼洛的话，阿米尔感动极了。为了不让别人看到他掉眼泪，这头大河马后退几步，潜到了水底，只把亮晶晶的眼睛和鼻子露在外面。当他把整个身子都浸在水里的时候，两只耳朵还在飞快地转动着，好像在说：“再见啦！”最后，阿米尔朝着岸上的三位朋友，喷出了一股高高的水花，就连他的河马伙伴们，都没见过这么高的“喷泉”呢！

第十五章

米安、尼洛，还有嘉米拉正在河边安静地吃饭。哈迪在他们的头顶盘旋着，一边吹着口哨，一边为朋友们放风。

“你这样吹口哨，一点儿也不像放哨，倒像是在召唤那些坏家伙呢！”米安说道。

“我只是想让大家开心一点儿嘛！”哈迪回答道。

鸟儿们在岸边遇到了一对灰鹤，一身灰色的羽毛隐隐泛着蓝光，头上还有一顶精美的“皇冠”呢！尼洛赶紧问道：“你们两位都是公主吗？”

“你真是太幼稚啦！”一只灰鹤说道，她正对着水面照镜子呢。

“你们能帮忙照顾一下我们的嘉米拉吗？”尼洛指着自己的

小伙伴问道。

“谁呀？这只全身漆黑的小鹳鸟吗？”灰鹤的嘴角闪过一丝嫌恶的微笑。她调转方向，走了两步，一边在水面上照镜子，一边梳理着自己的羽毛。

“她们也太在意那几根羽毛了吧！”米安说道。

“喂！”哈迪喊道，“恐怕我们得赶紧继续飞行旅程啦！又或者……得尽快找到几个黑鹳鸟群！”

“可她们在哪儿呢？”米安问道。

“我们打听一下吧。”哈迪回答道。

就在这时，突然出现了一只巨大的鸟儿，他上气不接下气地狂奔过来，与在河边喝水的鸟群擦肩而过，差点就撞到他们！

“大家小心！”哈迪一边喊道，一边飞快地闪到一边。

“他这是要去哪儿呀？跑这么快是要干吗呀？”米安喊道。

“这是一只鸵鸟！”哈迪回答道，“他们经常这样横冲直撞，到处乱跑，因为他们不会飞！他们的人生就是一场不停奔跑的旅程，因为他们想要实现飞行的梦想呀！可是到头来，还是摆脱不了永远都在奔跑的命运。”

“真可怜呀！”尼洛说道。

“为了能够生存下去，每一个人都在努力拼搏呀！有人展翅高飞，有人奋力奔跑！”哈迪说道，“嘉米拉得尽快学会独自飞行！我们必须找个安全的地方，否则会很危险的！”

“在我看来，你们全都疯了。”一个声音说道，紧接着传来一声冷笑。“啧啧啧，冒着生命危险，就是为了帮助一只黑鹳鸟吗？”一只头顶皇冠的灰鹤说道，她骄傲地昂着头。

“如果未来的某一天，你们当中也有人和嘉米拉一样，遇到了同样的事情呢？”尼洛不耐烦地问道。

“那是不可能的！”另一只灰鹤答道，“我们才不是黑鹳鸟！我们可是戴着皇冠的灰鹤！”

“和她们说不通的，尼

洛。这些家伙永远都不会懂！人家还忙着照镜子呢！”哈迪用讥讽的语气说道。

“她们也不想懂！我们走吧！”米安说。

三个好朋友继续他们的旅程，飞过一棵棵大树，嘉米拉跟在他们身后，在树枝间跳来跳去，好让她那稚嫩的双翼变得更加强壮。

第十六章

看到嘉米拉这么快就学会了飞行，尼洛别提有多自豪啦！“你要学会乘着暖气流飞行，那种感觉，就像有人在下面托着你呢！”尼洛说，“那样一点儿都不会累！如果沿着海岸线飞行的话，旅程就没有那么枯燥难熬了。当身边有小伙伴和你并肩飞行的时候，就更有趣啦！永远都不要在开阔的海面上飞行，除非你很快就能看到地平线那端的陆地。没有找到安全的着陆地点之前，永远都不要停下来，除非那里有一大群鹳鸟，他们可以给你提供帮助！”

尼洛一边把飞行的知识教给嘉米拉，一边回忆起自己第一次神奇的“非洲之旅”。在那次旅行中，她结识了好多朋友呢：金雕萨利姆、母象莉拉，还有老鹳鸟巴巴克——尼洛还帮助他过冬呢！她真的好想念这些朋友呀！尼洛把自己知道的一切都教给了嘉米拉，也把自己全部的精力都投入到教育嘉米拉的身上。这样一来，也缓解了尼洛因思念妈妈而饱受的折磨。日子一天天过去，用来帮助嘉米拉的日子每多一天，用来寻找妈妈的日子就少了一天。尼洛的心时时刻刻都在提醒她：剩下的时间不多啦！

“我得赶紧出发！可是又不能把嘉米拉丢在这里。我总想着竭尽全力，替她做好一切准备，可我又不能一直停止前进的脚步。现在，我只想用尽一切办法来帮助这个小家伙，直到分别前的最后一刻！”尼洛对米安说道。

她的爱人停了下来，不耐烦地拍打着翅膀，叹了口气，然后又迅速地飞回大家休息的树上，脸上写满了疲惫。

“现在尼洛满脑子都是那个小家伙！”米安对哈迪抱怨道。

“但嘉米拉的进步也很大呀，她可比我们想象中学得快多啦！”哈迪试着安慰米安，他看到尼洛站在这只黑色的小鹳鸟身边。

嘉米拉吃力地拍打着翅膀，掉了下去，又飞起来，调转方向，想要赶上那股上升的气流，却又笨拙地栽到了地上。尼洛被逗得哈哈大笑：“你没事吧？”

“我……我没事！”嘉米拉回答道。她摇摇晃晃地迈开步子，像是喝醉了一样。

“快飞起来！试着站到树枝上！”

这一次，嘉米拉没有算好距离，她朝着站在树枝上的尼洛冲过去，可小家伙飞得实在太急啦，一不小心弄伤了一只脚。一连好几天嘉米拉都不敢离开树枝，就算只是在树枝间跳来跳去，也把她累得够呛。

“我再也不要飞了！”嘉米拉念叨个没完，“够了！我要累死了！”

她确实取得了很大的进步，可是那场傻乎乎的小意外，却把她吓得不轻。现在想让小家伙离开树枝，飞上天空，似乎变成了一个不可能完成的任务。

“我再也不要飞了！我的努力都是在浪费时间！我的脚受伤了，再也飞不起来了，也没人爱我了！就连我的妈妈都抛弃了我！她再也不会回到我身边了！”嘉米拉哭了起来。

这些话也深深地刺痛了尼洛的心，她站在最高的树枝上，一句话也没说。

米安来到尼洛身边：“嘉米拉最近太辛苦啦！她毕竟还是个孩子嘛。我还清楚地记得自己第一次学飞的场景呢——我摔进了一个养牛的牧场里，浑身上下都沾满了牛的便便！”

尼洛笑了起来。

“你笑的时候真美。”米安对自己的爱人说道，“我不想看到你掉眼泪，也不想看到你悲伤的样子。我们的努力不会白费的，等着瞧吧，嘉米拉很快就能飞起来的！”

“妈妈一直在呼唤我，可我却待在这里！”尼洛说道。

“要学会把事情往积极的方面想嘛！”

尼洛紧紧地依偎在米安身边。夜幕降临，两只鸟儿栖息在最高的树枝上。在入睡之前，他们听到嘉米拉跳了一下，紧接着又是一下。

这只黑色的小鹳鸟慢慢地靠近他们。“妈妈。”她低声说道，然后又往前挪了几步，钻到了米安和尼洛中间。哈迪看着这一幕，不由得叹了一口气。“在这样寂静的夜里，不知隐藏着

多少危险。不过，我们四个都还活得好好的！”

就像平时和嘉米拉共同度过的日子一样，一轮红日即将升起，充满冒险与奇幻的一天，又要开始啦！

第十七章

今天是个非同寻常的日子：嘉米拉终于会飞啦！这只美丽的鸟儿在空中优雅地飞翔着。在无数次尝试之后，在一点点累积起

来的进步之后，终于在这一天，嘉米拉成为风儿的主人——风儿托着她的双翼，小鹳鸟终于能在空中盘旋啦！要飞得高一点儿，再高一点儿，一直穿过洁白的云朵！

“干得漂亮，嘉米拉，就是这样！”尼洛说道，她紧紧地跟在嘉米拉身后，“继续保持！”

嘉米拉从没体验过这样的感觉：在空中滑翔，飞上云霄，俯瞰着身下的大草原，看着朵朵白云或倒映在宽广的湖面上，或倒映在小小的池塘里；掠过猴面包树的枝头，看着白尾角马在原野上驰骋，看着狮子懒洋洋地打盹，看着斑羚轻盈地跳来跳去……这种感觉实在太美妙啦！在这一片无边无际的寂静中，非洲的雄奇壮美，引得鸟儿们在空中流连忘返。这里远离喧嚣纷扰，只有一片祥和宁静。能和尼洛、米安一起在空中翱翔，真是太棒啦！“妈妈，快看！”嘉米拉对尼洛喊道。尼洛望着自己的小宝贝，真是开心极了：经历了这么多天的辛苦训练，她付出了多少努力呀！瞧，嘉米拉终于能独自飞行啦！她的翅膀是多么有力，轻轻松松地就能落在最高的枝头上，一点儿也不拖泥带水。

“飞行的感觉是不是超棒?！”米安说道，他可是尼洛和嘉米拉的“空中陪练”呢！

“喂！别把我丢在身后嘛！”哈迪喊道，“要不我就在这里等你们算啦，我现在都快要渴死啦！拜托啦，你们回个头嘛！”

一只老鹰朝着可怜的小燕雀猛冲过来，哈迪扯着嗓子喊道：“救命啊，救命啊！米安、尼洛、嘉米拉，快来救我呀，我就要被当成大餐了！”

不过一眨眼的工夫，米安和尼洛就冲了过来，挡在可怜的哈迪和老鹰中间。

“滚开！”鹳鸟们对老鹰喊道，“找别的猎物去吧！”

“从什么时候起，这里的鹳鸟都开始保护小麻雀了呢？”老鹰纳闷地说道。

“喂，人家不是麻雀，是燕雀！”哈迪抗议道。

“都到这种关头了，就不要在意细节了吧！”米安打断了哈迪的话。

老鹰在空中兜着圈子，绕着两只鹳鸟飞来飞去，时刻准备进攻。他打定主意，一旦鹳鸟们的防守露出破绽，就用锋利的爪子捉住燕雀。

“去找别的猎物吧，你这个丑陋的坏蛋！”哈迪牛哄哄地说道。与此同时，他又害怕得不得了，老老实实地躲在米安身后，尼洛也寸步不离地保护着他。

“没错，你快滚开吧！”嘉米拉一边说着，一边拍着翅膀。

“连黑鹳鸟也要护着你吗？哎呀，我真是搞不懂你们！”说完，老鹰大笑起来，可这笑声中，却暗含着怒气。老鹰在空中盘旋了一会儿，发现攻破不了防线，于是张开双翼，在空中滑翔了一圈，飞走啦。

“我们再等一会儿吧，千万别钻进老鹰的圈套里！没准他正躲在高空或是树林里，等着偷袭我们呢！老鹰最狡猾啦！”哈迪说道，“嘉米拉，谢谢你！”

嘉米拉笑了："如果今天遇到这事的人是我，你肯定也会帮我的！你是我的朋友呀！"

"哎呀，我已经成为你的朋友了呢！请你记住——真心朋友，情谊永存！哪怕我们将来很多年都无法见面，也永远是朋友！"哈迪说道。

尼洛感动极了："我们休息一下吧，顺便欣赏一下这美丽的黄昏！走，我们去湖边！"

第十八章

鸟儿们过了好几天开心的日子。嘉米拉在空中快乐地飞翔着，轻盈得像是一片风中的叶子。一会儿飞升，一会儿下降，一会儿向前，一会儿往后，掠过树梢，划过湖面，又重返空中，朝着云朵直冲过去。她享受着风儿的爱抚，每一声啼鸣都透着喜悦。

"你该休息休息啦！"米安说，他满意地打量着小家伙。尼洛的目光也追随着嘉米拉的身影，此时此刻，她真为自己的小宝贝自豪呀！尼洛还记得她们相遇那天的场景呢！为了逃离人类的战火，她来到那棵树上，遇到了嘉米拉。看着嘉米拉在空中快乐地飞翔，真是件幸福的事呢！

“你要学会节省体力，飞行不是游戏，它可以帮你逃出捕猎者的魔爪，也可以让你重返家园。”

“好的，妈妈！”嘉米拉回答道，“我真是太开心啦！”她只在树枝上休息了几分钟，很快，又欢快地叫喊着，投入到飞行当中去了。

“真是个粗心大意的家伙呀！头脑简单，莽撞粗笨！”

尼洛和米安转过头，四处寻找着：是谁发出了这刺耳的声音呢？在附近的一棵树上，他们看到一只全身漆黑的鸟儿，耷拉着红色的嗉囊，正用大眼睛瞪着他们呢。

“你也是一只黑色的鹳鸟吗？”尼洛问道。

米安和尼洛高兴极了：终于找到嘉米拉的同类啦！不过，他们的喜悦很快就变成了失望。

嘉米拉在空中兜了一个大大的圈子，然后停在了树枝上，站得远远的。她打量着这只古怪的黑鸟儿：他长着一双红红的眼睛，而垂在嘴巴下面的嗉囊比眼睛还要红呢！这个家伙长得确实有点像黑鹳鸟，可是……他实在太丑了！

“我才不是鹳鸟呢！我是地犀鸟！”这只鸟儿用刺耳的声音说道。

“妈妈，我的同类都这么丑吗？”

“这位先生不是鹳鸟，我只是觉得你们长得有点像而已。嘉米拉，你是一只非常美丽的鹳鸟！外表的美丽总会很快消逝，而

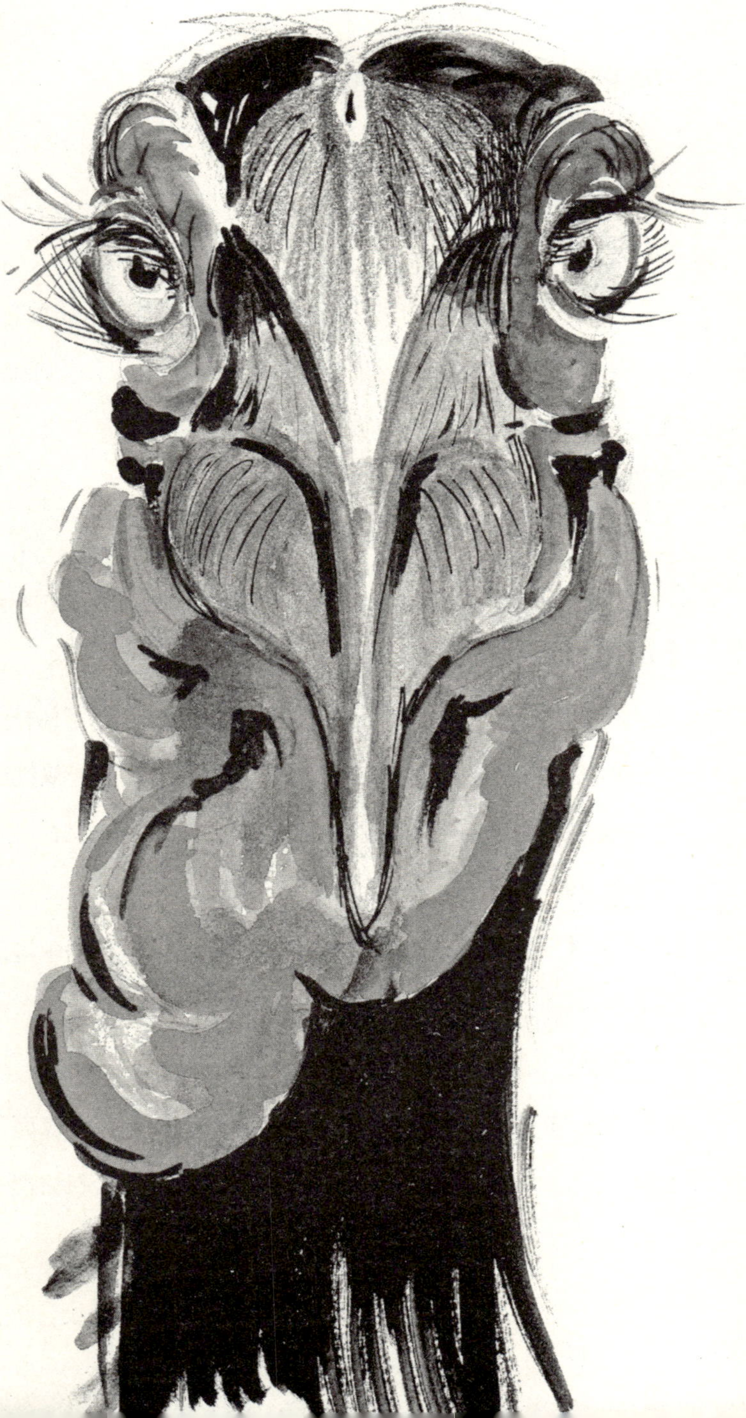

你有一颗美丽的心灵。你优雅、温柔，充满朝气，总能给大家带来欢乐。这才是真正的美丽！”

“他会带来大雨的！”哈迪说道。

“谁？谁会带来大雨？”米安问道。

“就是这个坏家伙！”

“你怎么知道的呀？”米安问道。

“你看那里！”地平线那端，一场声势浩大的暴雨即将来袭。

“小家伙，你飞不了太远的！”地犀鸟继续说道，“你这么无知，是飞不远的……”他一边说着，一边跳上树枝，拍拍翅膀飞走了。

“他真是个扫把星！”哈迪说道。

“应该是‘她’才对！这是一只雌鸟！她终于走了，真是谢天谢地！”米安说道。

“我可没在附近见过这种鸟儿！”哈迪说，“或许他们都快灭绝了吧，要是这样的话，那可就太好啦！”

“知道吗？有的时候呀，你真是太坏啦！”尼洛说道。

哈迪吹着口哨，拍了拍翅膀，像是要抖掉身上的灰尘，然后开始梳理身上的羽毛。

“如果一会儿有红隼想来吃我的话，我可得梳洗干净呢！我可不想当一个让人消化不良的小

坏蛋！”

米安笑了，尼洛也笑了起来，可他们的喜悦并没有持续多久。

第十九章

嘉米拉学会了飞翔，尼洛激动极了。她飞上天空，转了几圈，然后又回到树上，心里想：“或许，离别的时刻就在眼前了吧？”可她的心，却不允许她说出这样的话。

“我抓住你啦！”嘉米拉喊道，她在哈迪身后穷追不舍。两只鸟儿你追我赶，玩得不亦乐乎。哈迪的速度可比嘉米拉快多了，他猛地从旁边窜出来，搞得嘉米拉晕头转向。瞧啊，两只鸟儿笑得多开心呀！

尼洛和米安一动不动地站在树上，看着两只小鸟乘着风儿，在空中上下翻飞。

米安温柔地注视着他的妻子。

“为了迎接这一刻，我准备了好久好久，可是……我还是做不到。”尼洛说。

“我懂你。对于我来说，这也很不容易。”米安的声音里流露出满满的忧伤。

“我不知道该怎么开口。虽然这是为了她好，可我就是不知道该怎么跟她说，嘉米拉该去找那些黑鹳鸟了，离别的时刻已经到了。”

“可是，看着她在空中幸福地飞翔，真的是一件很幸福的事情！”米安说，“尼洛，你是对的。我们应该留在她身边，教会她自由地飞翔！”

尼洛温柔地靠在米安身边：“想要和她告别，是如此困难啊！”从天空那端，又传来了哈迪和嘉米拉嬉戏玩耍的笑声。

“你们怎么都不说话，为什么一脸忧郁呀？”嘉米拉问道，她飞了过来，和尼洛站在同一根树枝上。

“我才没忧郁呢，我的心里装满了幸福。和你，和大家一起飞行，感觉真是好极了。看着你在空中翱翔，我真的很开心！但我还是想说，如果你想早点离开的话，那也是正常的啦，我知道你有这个想法……我也不能阻止你，对不对？”

“可我想永远和你们在一起！你们就是我的家人呀！你就是我的妈妈！哈迪不也是天天都和你们待在一起吗？”嘉米拉说。

“我知道，这很难。可是现在，你已经学会飞翔了，就应该去找你的伙伴们啦。鼓起勇气，去北方寻找黑鹳鸟吧。跟着河流飞去海边，你肯定能在那里找到家人的！你现在已经学会飞翔了，我很确定，你可以开始自己的旅程啦！”

“所以……你是想说，我们该说再见了吗？”

“是的。”尼洛说道，“这也是为了你好。”

“可你是我的妈妈呀！”嘉米拉抗议道。

“嘉米拉，为你做的这一切，也让我产生了一种错觉，仿佛我真的就是你的妈妈。可是，我该继续前进了，即使这分别的时刻，是这样艰难。你是如此骄傲而美丽，现在，你已经变得足够强壮了，想飞到哪里，就能飞到哪里。你应该和自己的同类结伴而行。”

米安听着两只鸟儿的对话，垂下了脑袋。而嘉米拉，正用乞求的目光望着他。

“我也不想让你离开！可是我心里很清楚，这一天迟早会来的。我知道，照顾别人，付出感情，却要面临分离，对于这样的事情，每个人都没有准备。”

哈迪梳理着羽毛，他一边吹着口哨，一边装作什么都没听到的样子。可他却感到，肚子里似乎打了一个结，一阵阵疼痛袭来，他都快要哭出来了。

“和别人产生感情，真是一件危险的事情呀！”哈迪说道，“米安说得对，还是不要交朋友了！反正到最后也要分开！我就说嘛，成为别人的朋友，可不仅仅意味着喜悦和幸福！”

“就是因为这样，你才不愿意离开吗？”米安问哈迪。

哈迪沉默了一会儿，望着三位朋友。他没有回答，而是继续吹起了口哨，起劲地梳理起羽毛来。

第二十章

“可以让我在你们身边再多待几天吗？然后，我自己离开就好啦，你们觉得怎么样？”嘉米拉满怀希望地提议道。

“就按你说的来吧，嘉米拉。和我们多待两天，并不是什么难事。可是，拖延从来都不是最好的解决方法，你无法真正开心起来，只能焦虑地生活着，因为你知道终究是要踏上征途的。或许，我们就此分开是最好的结果。明天一早，你就出发吧。”

“为了免除分离时的痛苦，我们就不用告别了。或者说，我们今晚道别就好啦。明天，当我们醒来时，第一件事就是离开这里，没有悲伤，也没有眼泪。你们觉得呢？”哈迪提议道。

大家都没说话。“很好！看来我的建议很受欢迎呢！”哈迪用调侃的语气说道。

“我们该怎么办呢？”米安说道。

嘉米拉伤心极了，她既想留下来，又想转身离开。就像尼洛说的那样，这种犹豫不决的心情，实在太让人难受啦！尼洛知道，嘉米拉应该独自离开，就是因为这个，她才不断催促小家伙上路，可这又和她对嘉米拉的爱相互矛盾。她是如此担心，又是如此坚定：嘉米拉必须得走了。尼洛再清楚不过，没有同伴，只身上路，经历无数风险，寻求他人的帮助——所有的这一切，对于一只小鹳鸟来说，究竟意味着什么。当她说出那些话的时候，心里也十分痛苦，可是，她没有别的选择。

夜幕降临，狮子们打起了哈欠，时不时还能听到几声吼叫。月亮仿佛就悬在四只鸟儿的头顶，鸟儿们在树枝上休息，静静地等待黎明。

“在未来的某一天，我们还会见面吗？”嘉米拉问道。

“如果你学会了倾听自己的心声，就会发现，我们永远都在你身边。要记住，当你踏上旅途的时候，我们也会陪着你的。”尼洛向嘉米拉保证。

“要是我迷路了呢？”

“你可以找人帮忙呀！如果没人帮忙，你就拍拍翅膀，飞到下一棵树上。总会有人等着你，随时准备为你效劳。我们不就是这样吗？”尼洛用哽咽的声音回答道。

米安和哈迪静静地听着，喉咙里像堵了一团棉花。

“我真希望，在未来的某一天，能够再见到你们，那一定是个幸福的日子！谢谢你们给我的爱，这份爱将鼓舞着我继续飞行，让我勇敢地面对困难。”

在这之后，大家都不再说话了。

夜幕降临，四下一片寂静，非洲大草原上热气蒸腾，四只鸟儿待得舒服极了，可是却怎么都睡不着，怀着各自的心事，他们的小脑瓜里满满的都是回忆。

哈迪回想起嘉米拉站在河马背上时的场景，觉得有趣极了；米安想起第一次见到嘉米拉的时候，她刚刚从人类的战争中逃离出来，显得那么瘦小无助，他的脑海里不断回响着哈迪那句话——成为别人的朋友，可不仅仅意味着喜悦和幸福！

尼洛伤心极了，她的心里乱乱的：“嘉米拉就要离开了，可万一她找不到自己的妈妈呢？如果，我做的这些……全部都是错

的呢？”这些念头让她痛苦万分。可是一想到嘉米拉已经长大了，尼洛就满心欢喜，这些痛苦也都烟消云散。是时候离开嘉米拉了，否则的话，尼洛就会失去见到妈妈的机会。

第二十一章

第二天一早，尼洛、米安、哈迪一清醒过来，就发现嘉米拉不见了。

“嘉米拉去哪儿了？”尼洛说。

“她遵守了我们的约定。在太阳升起之前，嘉米拉就醒了——她第一个离开了。”

这个时候，太阳还没从地平线上露头呢。

他们三个环顾四周，看看大树，望望河流，附近一只黑鹳鸟也没有。尼洛呼唤着嘉米拉的名字，在周围转了好几圈，米安和哈迪也加入了寻找嘉米拉的队伍。大家都不想说话，看来，嘉米拉是真的离开了。

他们三个回到树上，都伤心极了。还没来得及和嘉米拉好好道别呢，她就这样离开了。

“我们真是太蠢了。”尼洛痛苦地说道，她的声音里满是怒火，“现在嘉米拉独自离开了……可她是需要我们的呀！这种不辞而别的感觉，真是太糟糕了！哈迪，我之前也犯了这样的错误。我不应该逼她离开的，我们就不应该让她走！她应该和我们待在一起。”

“听你这样说，我的心都快要碎了。”米安说，“可是，我们心里都明白，这样做才是正确的呀。你放心吧，嘉米拉知道该如何照顾自己。当然啦，临走前好好道别，或许能让人心里舒服一点儿。可是，嘉米拉有权利做出她自己的选择。”

“我去找她！”说完，尼洛就飞了起来。

米安赶紧追了上去：“你快回来呀！你还要去找你妈妈呢！她在等你呀！”

看着眼前发生的一切，哈迪一动不动地待在原地。

最后，尼洛还是飞回来了。“是的，嘉米拉能照顾好自己。”她重新落在了树枝上。

“我们出发吧！”米安说，“现在，你该为我们领路啦！”

“快出发吧，快出发吧！我们已经浪费了太多时间啦！要是能找到你妈妈的话，那该多开心呀！”哈迪说道，他想鼓励一下自己的小伙伴。

可尼洛还是闷闷不乐的样子。

“我已经连着好几天都没听到妈妈的声音了。或许，我们在嘉米拉身上花费太多时间了。我都快失去信心了。我都不知道，妈妈……她究竟是在我身边呢，还是远在天边。我不知道，我真的不知道……”尼洛说，“我已经感觉不到她了。”

三个小伙伴的旅程失去了方向，他们待在原地，你看看我，我看看你，一句话都说不出，不知道该做些什么，也不知道该去往何方。

第二十二章

接受嘉米拉的离去，对鸟儿们来说并不容易。忧伤萦绕在鸟儿们的心头，久久挥之不去。他们忍不住讨论起来。

“你觉得，嘉米拉准备好独自旅行了吗？”米安问哈迪。

哈迪没有马上回答，他的喉咙里像堵了一团棉花，怎么也吞不下去。

“我们和她产生了深厚的友谊，离别肯定会格外难过，但是，现在我们不得不这样做。每个人的道路都不一样，总要时刻准备好道别。”

“就是因为这样，你才一直独来独往吗？”

“谁？我吗？”哈迪问道。

“没错，就是你。其实你根本就是离不开别人，所以你才一直黏着我和尼洛。”

哈迪没有回答。

“然后呢，你既不筑巢，也不想找个伴侣！”

“听着，米安，你是不是也想把我赶走？你要是真这么想的话，我立刻就走！再见了，两位！”

“发生什么事了？”尼洛问道，她听到了米安和哈迪的争吵。

“没什么。”米安说道。他总会时不时地向哈迪发泄自己的不满。

对于之前的事情，鸟儿们展开了讨论：让嘉米拉独自面对她的命运，这样做到底好不好、对不对呢？又或者，还是应该多留她一段时间？

“就算你觉得不应该这样对待嘉米拉，也不能怪到我的头上呀！”

“可这不是你的主意吗？是你让她不辞而别的！”米安说道。

“我当初也不应该那样对她。或许，这样也好。不然的话，我们还能怎么办呢？”尼洛说道，她实在不知道该怎么回答了。

第二十三章

第二天早上，尼洛一醒过来，就惊慌失措地大喊起来：“米安，米安！”

“怎么了？”

“哈迪！哈迪不见了！”

“怎么会呢？哈迪不见了？”

“他真的不见了！每天早上他都会在这里，吹着口哨，跟我说早上好，可他现在不见了！哈迪到底去哪儿了呀？”

“你别担心，再等等，他一会儿就回来啦！”米安说道。

尼洛和米安等了整整一个上午。太阳已经升得老高了，可是哈迪还是没有出现。“这个话痨燕雀到底躲哪儿去了呀？”米安说。

“我真的好害怕！他会不会遇到了不好的事情！”尼洛担心极了。

“他那么机灵，什么大风大浪没见过呀。”

“没有他，我们就不能出发！走，我们去找他！”

“我没想惹他生气的……”米安说。

“昨天晚上，你真是太过分了！”尼洛说道。

“我们再等等吧，也许他就在附近呢，很快就回来啦。”

“万一他发生什么事了呢？”

“我只是希望，他不要就这样不声不响地离开，他都没跟咱们道别呢。”

“他不会这样做的。”尼洛说道，“他和我们在一起那么久，我太了解他啦。他这次失踪，绝对不正常！”

尼洛和米安度过了焦虑的一天，他们真想飞出去寻找哈迪，可是又不知道该去哪个方向。他们呼唤着哈迪的名字，可是天空中什么回应都没有。与此同时，尼洛想回到妈妈身边的愿望也越来越强烈。可她却待在这里，在无穷无尽的等待中，忍受着与日俱增的痛苦，可她一点办法都没有。

“所以……我们该怎么办呢？”尼洛实在忍受不了了，她不耐烦地喊道。

“我也不知道。”米安绝望地回答道，“哈迪离开了……这都

是我的错！”

尼洛没有说话，她和米安保持着距离，仿佛是在无声地谴责他。

直到黄昏时分，哈迪才回到两位朋友身边。他拍拍翅膀，就这样从天而降，空气里瞬间洋溢着喜悦的气息。

哈迪的小嘴巴衔着一枝美丽的花朵——他想把这枝豹纹兰，送给他的朋友们。

“你这一整天都跑哪儿去啦？我们一直在等你呢！”尼洛埋怨道。

“你到底躲到哪里去了呀？”米安叫道。

“我今天险些就没命了！差点就‘葬身鸟腹’啦！”

哈迪把花放到树枝上：“我想送一份礼物给你们，一份最美丽的礼物，只给你们。我想做得好一点儿，就飞遍了整个大草原，去寻找最漂亮的花朵。你们瞧，我终于找到啦！”

在与朋友重逢的那一刻，所有的愤怒和焦虑，全都变成了甜蜜和喜悦。

“这些花儿真好看！”尼洛说。

“你是不是想测试一下，看看如果你不见了，我们会怎么做呀？”米安神经兮兮地问了一句。

“不许这样对哈迪说话！”尼洛批评米安。

“他搞得我们整整一天都坐立不安！”

哈迪难过起来。

“别说了，米安！”尼洛说，“哈迪，我们想死你啦！我们真的好怕你也不辞而别！”

“或许这样也好。我一直想好好珍惜相聚的时光，因为和你

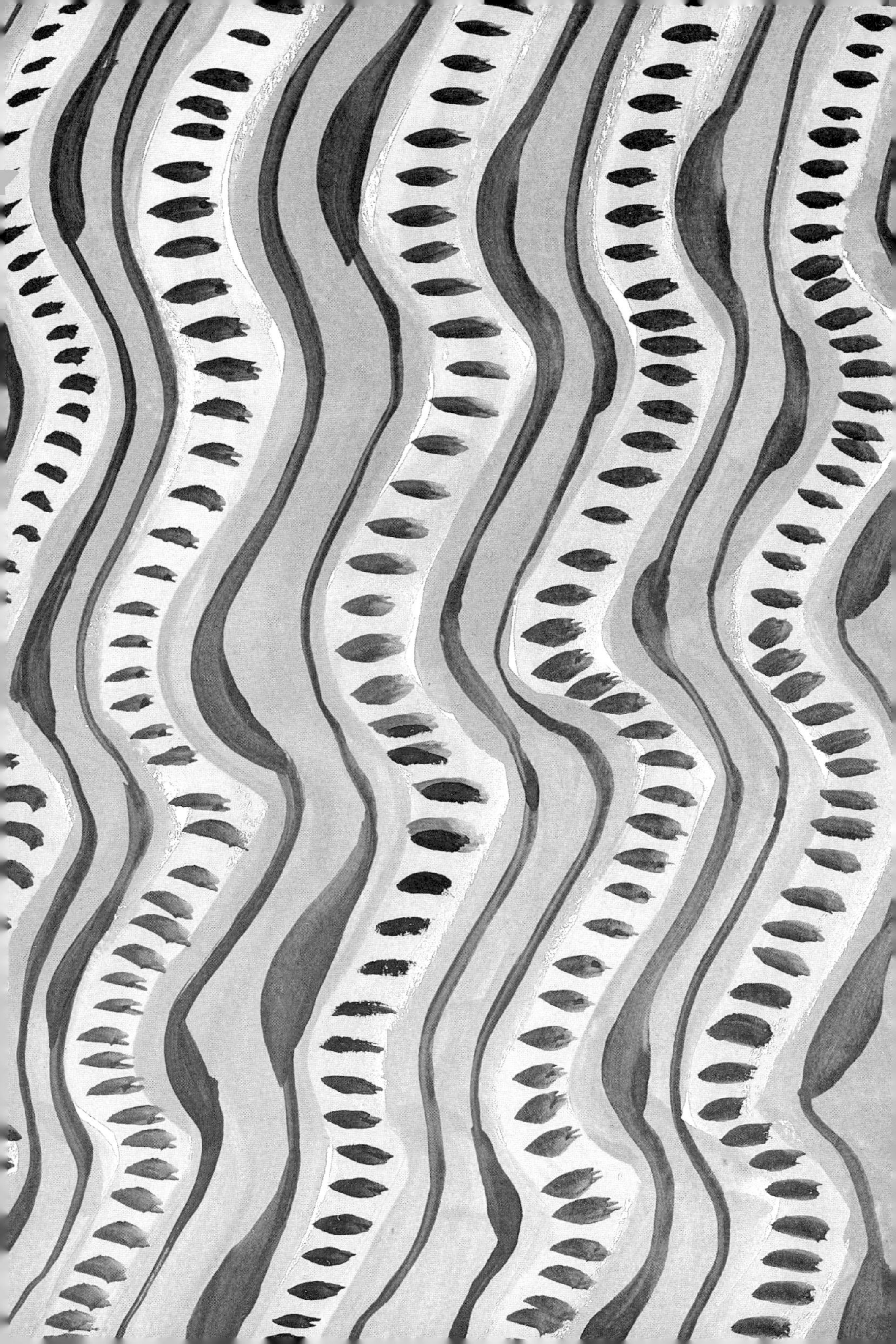

们在一起，我真的很开心！你们保护我，对我那么好。我们是朋友呀，我只想把欢乐带给你们。”

“对不起。”米安说道，“可你让我们度过了这样难挨的一天，感觉真的很糟糕。”

“重要的是，你现在还和我们在一起呢！”尼洛说，她高兴地拍起翅膀来。

“你们觉得这些豹纹兰花好看吗？”哈迪问道。

“美极了！明天我们就出发吧！”尼洛开心地说道，在温馨的夕阳下，她快乐地拍打着翅膀。

第二十四章

“我们现在去哪儿呢？”哈迪问道。

“我也不知道。”尼洛回答道。

哈迪可算回来了，尼洛开心得不得了，盯着他看个没完，就连飞行的时候，也不肯把目光移开。一想到差点儿再也见不到哈迪，尼洛就更加明白——“我们的友谊是多么珍贵呀！”

“哎呀呀，你干吗一直这样看着我呀？”哈迪问道，他被尼洛盯得浑身不自在。

“你就不想找个伴儿，筑一个鸟巢吗？”尼洛问哈迪，“你还没给我们讲过你小时候的故事呢！你就不想回到自己出生的地方吗？”

“你为什么对这些问题这么好奇呀？难道你也想让我离开吗？”

“不过，你们燕雀也会像鹳鸟一样迁徙吗？”米安插了一句。

“你们就这么烦我吗？”

“你就给我们讲讲嘛！”

“当然啦，我们也是要回家的，也像你们一样来回迁徙。”哈迪回答道，“我们成群结队地飞往故乡，队伍可壮观啦！”

“我们飞过人类的头顶，拂过杨树的树梢，沿着河流一路向前，没人知道我们何时来过，也没人知道我们何时离开。只有那些支网捕鸟的猎人，才知道我们的路线。当我们飞回出生地的时候，雌鸟和雄鸟要分开飞行。我们也要寻找自己的旧鸟巢。”

“那你的童年过得开心吗？”尼洛问道。

“我是一只独来独往的燕雀，根本受不了那些叽叽喳喳的同类。那些和我一样的雄燕雀，整天吵个没完，而我一点儿也不想和别人争辩。我的爸爸是个‘辩论冠军’，就是因为这样，妈妈才喜欢上他的！”哈迪叹了一口气，“你问我，童年过得开心吗？好吧，其实我自己也不知道。爸爸决定在城市里筑巢，因为往往都是雄鸟选择筑巢的地方，雌鸟负责筑巢。总之呢，他做了一个错误的选择，把家建在了花园的松树上，那里到处都是猫。妈妈三天两头就嚷着要搬家。”

米安笑了起来，可是哈迪却没有继续讲下去，而是陷入了沉默。

“欸，你怎么不继续讲下去呀？”

“因为我现在不想讲了呗。”哈迪说道。

哈迪望着他的两位朋友。

“对不起。”尼洛说，“我们没想要……”

“没什么！我只是有点想家了，就不太想说这些啦。我现在觉得喉咙有点干呢。”

“那我们下去喝水吧。”米安提议道，可他还是用好奇的眼光打量着自己的小伙伴。

“你呀，真是比好管闲事的猴子还烦人！”哈迪不满地说道，“改天我再给你讲过去的故事吧，现在得继续出发啦！”

第二十五章

鸟儿们在空中兜了好几个圈子，把这一整片区域都仔仔细细地侦查了一遍，最终选择了一片干涸的河床。这片开阔的区域被几个大池塘包围着，鸟儿们可以在这里安安静静地休息一下。鸟类、斑马、黑斑羚共同生活在这里，还有一群大象时不时地会过来喝水。

尼洛安静地吃鱼喝水，沉浸在自己的思绪里。在离尼洛十几米远的地方，米安正搜寻着水里的小鱼，吃得痛快极了。哈迪呢，他找了一片茂盛的灌木丛，正美滋滋地享用着色彩鲜艳、甜美多汁的小莓子呢！

“喂，你们快来呀！这些莓子真是太好吃啦！哎呀，怎么会这么甜呢！你们快来呀！”

“我们才不吃那玩意儿呢！你确定那个东西没毒吗？”米安说。

“你都不知道自己错过了怎样的美味！”哈迪说道。他犹豫了一会儿，又吞下了几颗莓子，可一点儿都不像刚才那么开心了。

“你肯定会肚子疼的！”米安放声大笑。

“我也搞不明白，你们在这些弯弯曲曲的河流里，能找到什么好吃的呀？”哈迪说道，他的小嘴巴上沾满了果汁。

就在这时，米安看到一只奇怪的鬣狗，他长着一双大得出奇的耳朵，朝着尼洛飞奔而去。他的速度实在太快了，受惊的鸟儿飞上天空。

“尼洛，快起飞呀，尼洛！”

尼洛转过身来，拍打着翅膀，还没来得及飞起来。

“米安！”她害怕地呼喊道。

“尼洛！”

两只鸟儿的心跳几乎停止了，冰冷的死亡气息仿佛冻住了他们的灵魂。大耳朵鬣狗继续奔跑，可他却没有来抓尼洛，而是在离她十几米远的地方停下了。鬣狗在水面上嗅了嗅，然后把嘴巴浸在水里，咬住了一根骨头，紧接着从水中拖出一具黑斑羚的骨架。

“原来他不吃鸟类呀！”哈迪惊呼道，“这个家伙不是鬣狗，长得倒有点像狮子呢！”

米安赶紧冲到尼洛身边，哈迪也上气不接下气地赶了过来。

“你怎么知道他不是鬣狗的呀？”

“看那对大得出奇的招风耳就知道啦！”

这只非洲野狗费了好大力气，才把猎物从水里拖出来。对于自己刚刚引起的骚乱，他倒是一点儿都没放在心上。

哈迪长长地松了一口气。

尼洛和米安也不害怕了。

“非洲大草原上到处都是危险，不曾有过片刻安宁。尼洛，你得待在我身边，知道了吗？”米安说道，这次他的语气格外严肃。

尼洛紧紧地挨着她的米安。非洲野狗的“袭击”结束后，鸟儿们回到水里，一切都恢复了平静。

就在这时，一大群非洲野狗出现了。他们一个个瘦得皮包骨，看起来都饿得前胸贴后背啦。这些家伙渴极了，先是冲到河边喝了个痛快，然后又啃起了骨头。他们东咬一口，西啃一下，发出充满威胁的咆哮声，就为了在这场“宴席”中能多吃上一口。很快，这儿就上演了一场野狗“演奏”的“交响乐”，充斥着吼叫声、呼喊声、撕咬声、吵嚷声，还有发起进攻的声音，每一只野狗都想吃得更多。

“在他们看来，我们这小身板儿，估计都不够塞牙缝的吧。”哈迪说道。

“幸亏他们不喜欢吃鸟类。”尼洛回答道。

“我们还是赶紧离开这里吧。”米安说道。

“去哪里呀？”

“我也不知道，反正别在这儿待着就行啦！我们得找一个能筑巢的地方呀。”米安说。

鸟儿们转向东方，朝着太阳升起的方向飞去。在离开之前，哈迪在这群饥饿的野狗头上盘旋了一圈，这些家伙还在为战利品争吵个没完呢！“我的天呐，真是臭死啦！都是因为你们在这儿待着！你们赶紧洗澡去吧！”哈迪说道。可是野狗们却充耳不闻，只顾着从同伴嘴里抢肉吃。哈迪像箭一样蹿上天空，吹着口哨，和朋友们一起飞走了。

第二十六章

三个小伙伴忍受着炎热与干渴，飞过一片不毛之地。对鬣狗的恐惧推动着他们不断飞行，根本不敢停下。就在这时，筋疲力尽的哈迪发话了：“听着，要飞你们飞吧，我可要停下来了！我不干了！”

“别在这里停下呀！”尼洛说。

“我要渴死了，我要饿死了！我的身体在燃烧，一点儿力气都没有了！很抱歉，我跟不上你们的节奏了。”

“你要停在哪里呀？这里既没有石头，也没有泥土。”

“别任性啦，哈迪，我们得继续赶路！很快就到下一个池塘了，我都看到灌木丛啦！我们到那里一口气喝个饱，然后再好好休息一下。等着瞧吧，我们这次可以休息个够！”

“我一点儿力气都没有了。”哈迪咳嗽起来，“我的嘴巴干得要命，我都快不能呼吸了！”

“那我们该怎么办呢？要不把他留在这里？”米安问尼洛。

“我觉得只能这样了。”尼洛回答道，她冲着米安挤挤眼睛。

“好的，我们走吧！”

“我们走！”

两只鹳鸟飞出去二十多米之后，哈迪深深地恐惧起来：“别把我独自丢下呀！”于是他开始拼命追赶两位朋友：“喂！别把我丢在这里呀！喂，我在喊你们呢，快停下呀！哎呀呀，其实我飞得动，刚才说着玩呢！你们等等我呀，拜托啦！”就这样，在哈迪的絮絮叨叨中，三只鸟儿的旅程又开始啦！

一天早晨，鸟儿们来到一座高原上。这里零星分布着几幢小房子，房顶是稻草做成的，还有绿油油的草坪和一眼望不到头的湖泊呢。在沙漠的尽头，能找到这样一个清新美丽的地方，真是太棒啦！哈迪高兴极了：“终于可以痛痛快快地大吃大喝一顿啦！”

在芦苇丛中，点缀着紫色和蓝色的小花——鸟儿们从没见过这样的花朵呢！高大的绿树投下阴影，各种各样的鸟儿都在这里筑巢。这里仿佛天堂的一角。

“太棒了！这里真是太美了！我都想在这个地方筑巢啦！”哈迪说。

米安笑了。他想：“或许，我们已经找到合适的地方啦！我和尼洛可以在这里筑巢呢！”他仔细地环顾四周，想找到一棵最好的树。

正当鸟儿们低头巡视的时候，他们在草坪上看到了一只滑稽的鹳鸟，他的头上长着几簇黑色的羽毛。或者说，那个家伙看起来像是一只鹳鸟。三个小伙伴停了下来，保持着安全距离。

“你是鹳鸟？还是其他什么玩意儿？”哈迪问道。

那只鸟儿长着一对强有力的爪子，那双黑色的长腿倒是有点像鹳鸟呢。顺着他的胸脯往上瞧，是一张弯钩嘴，这一点却有些像凶猛的老鹰。

“我才不是鹳鸟呢，你看不出来吗？我是蛇鹫！”

“那……你算是我们的亲戚吗？可以跟你打听个事吗？”尼洛说。

“我唯一能告诉你们的事情，就是我什么都不能告诉你们！因为我正在捕蛇呢！”

“他可真不友好！”哈迪说。

“我为什么要对你们友好啊？”

“你至少可以客气一点儿吧！”米安插了一句。

“我为什么要对你们客气啊？”

“好了，我们懂了。或许我们以后也不用这么有礼貌了！”尼洛说道。

“你们要小心人类，我不是在开玩笑！他们可比我危险多了，甚至比我吃的毒蛇还要可怕！”这是蛇鹫唯一的建议，说完他就继续捕食去了。他轻轻地迈着步子，以免惊吓到正在晒太阳的蛇。

“我们不会再见啦，先生！”哈迪说道，他一点儿都不喜欢蛇鹫。

“我们也吃蛇的，对吗？可我们才不像他这样没教养呢！”米安说道。

蛇鹫连头都没回。

在沙滩上，鸟儿们看到一棵茂盛的大树，它舒展着枝叶，有些枝条都垂到水里去了，仿佛一位低头垂泣的少女。

“真美呀。”哈迪一边说，一边朝大树飞去。

尼洛和米安也跟在哈迪身后。他们的脚刚踏到沙滩上的一条绳子，就触发了陷阱。只是一眨眼的工夫，三只鸟儿就变成了网子里的囚徒，这张密密实实的网子吊在半空中，不停地摇晃着。尼洛和米安拼命拍打着翅膀，可还是无法逃脱。

“我们现在该怎么办呀？”米安担心地问道。

“讨厌的蛇鹫给我们带来了厄运！”哈迪说道，“我现在就像晕船了一样难受！”这张网子罩着三个小囚犯，悬在离地面好几米远的高空中。

“这次我们真的要下油锅了！”哈迪说。

“哎呀，现在的情况确实有点复杂。我们是会被饿死呢，还是会被支网的猎人吃掉呢？”米安说道。

尼洛无声地哭泣起来，她想起了老水手的铁笼子。她曾发誓，再也不会成为别人的囚犯，可是这一次，却被困在网子里，绝望地悬在半空中。

“我都跟你们说过了，一定要小心人类呀！”蛇鹫说道，他恰好从这里路过。

“喂，至少你得帮帮我们呀！”米安喊道。

“怎么帮呀？这种网子结实得和铁丝一样！”蛇鹫说道，他一脸冷漠地望着三只鸟儿，面无表情，不紧不慢，只是专心地寻找他的“蛇肉大餐”。

第二十七章

尼洛非常难过，过了很久，米安和哈迪也没能说出一句安慰她的话。

“这次我们是真的逃不出去了！”哈迪说道。他试着活动了一下身体，想在网子上啄出一个洞来。可是，不管是他的小嘴巴，还是米安的长嘴巴，都啄不开这坚硬的绳子。

“我根本动弹不了，脚和翅膀都痛得要死，连呼吸都好费力呀！”尼洛用细若游丝的声音说道。

突然间，鸟儿们都安静下来了，他们听到一阵窸窸窣窣的声音。

“接下来会发生什么呢？”哈迪一字一句地问道。三只鸟儿的心脏都怦怦跳动着。

一只豹子被网子吸引住了，他在下面转了几圈，抬起头，不停地用鼻子嗅着，看起来很感兴趣的样子。

“喂，帮帮忙，救我们出去吧！”哈迪说道。

“为什么呀？你们看起来像是一顿很不错的午餐呢！我喜欢

尝试不同的口味，你们这些美丽的鸟儿，不就是一道准备好的大餐吗……”

“你得先把我们从网子里弄出来呀！”

“真遗憾，我已经吃过午饭啦。不过，我可以爬到树上，在你们的头顶打个盹儿，吹着清新的风儿，那种感觉一定很棒！哎呀，我真是太有福气啦！等我一觉醒来，就有现成的早餐啦！你们觉得怎么样呀？”豹子伸出爪子，来回拨弄着网子。

“我们真荣幸呢！”米安回答道。

尼洛一句话也没说，她紧紧闭着眼睛。

豹子爬到树干上，在鸟儿们的头顶上打起了呼噜。

“这下真的完蛋了。”米安说道。

“对不起，妈妈，这都是我的错，我应该早点出发的，也不应该在旅途中停下来。”

尼洛已经很久都没听到妈妈的声音了，可怜的尼洛绝望至极：“我再也见不到妈妈了，也不能和米安一起筑巢了。”

第二十八章

豹子睡了整整一夜。天还没亮，鸟儿们就听到一阵窸窸窣窣的声音，仿佛有什么东西正在靠近。

“千万别是设下圈套的猎人呀！”哈迪说道。

在灌木丛中，出现了两盏圆形的小灯，然后又变成了四盏，这些黄色和红色的小灯在黑暗中闪烁着，犹如发光的宝石。

两盏变成四盏，四盏又变成八盏，无数双眼睛在灌木丛中闪烁着。

“有好多人在看着我们呀！”哈迪害怕地说道，“我可不觉得他们是什么好人！”

豹子停止打呼噜，睁开一只眼睛看了看，又闭上了，过了一会儿又睁开了眼睛。

“你也注意到了吧？别人也对我们很感兴趣呢！”

一只鬣狗咆哮着钻出灌木丛奋力一跳，想要扑住困着三只鸟儿的网子。原来是莉娜，是那只一直追踪尼洛的鬣狗！这只猛兽的血盆大口，离鸟儿们只有一厘米了！小家伙们吓得瑟瑟发抖，尼洛害怕地尖叫起来。

豹子从树干上直起身来，准备扑向鬣狗。

“你想干吗？！”豹子咆哮着。

“我们要那只鹳鸟！尼洛是我们的！我们一路跟着她来到这里，甚至穿越了茫茫沙漠！”莉娜龇了龇牙，“你不能阻挡大自然的脚步！”

当豹子意识到周围有一大群鬣狗的时候，他发出了一阵低沉的咆哮，来展示自己的力量。

“真是做梦也想不到，豹子居然会保护我耶！”哈迪说。

“可他们这场搏斗……是为了吃我们呀！”尼洛绝望地说道。

米安却像疯了一样，一边叫喊着，一边拼命挣扎，想要逃出牢笼。“我可不想就这样死去！”他使出全身的力气，愤怒地吼道。豹子跳下树，鬣狗们聚在网子下，一场血腥的大战一触即发。豹子在空气中挥舞着自己的爪子，鬣狗们把他围在中间，远远地不敢靠近。这场对峙只持续了一小会儿。半空中忽然出现了一小簇火焰——这簇飘忽不定的火焰，像是被风吹来的，又像是被魔法点亮的。

动物们从没见过这样神奇而又恐怖的场景。鬣狗和豹子都消失在这令人毛骨悚然的夜里。

“反正你们也逃不出去了，这样的结局，我们很满意！”鬣狗首领狞笑着说道，然后就消失在了茫茫夜色中。

火焰停了一下，又继续颤颤巍巍地前进。

“这是什么东西呀？”尼洛小声问道。

“我好害怕呀！”哈迪用细若游丝的声音说道。

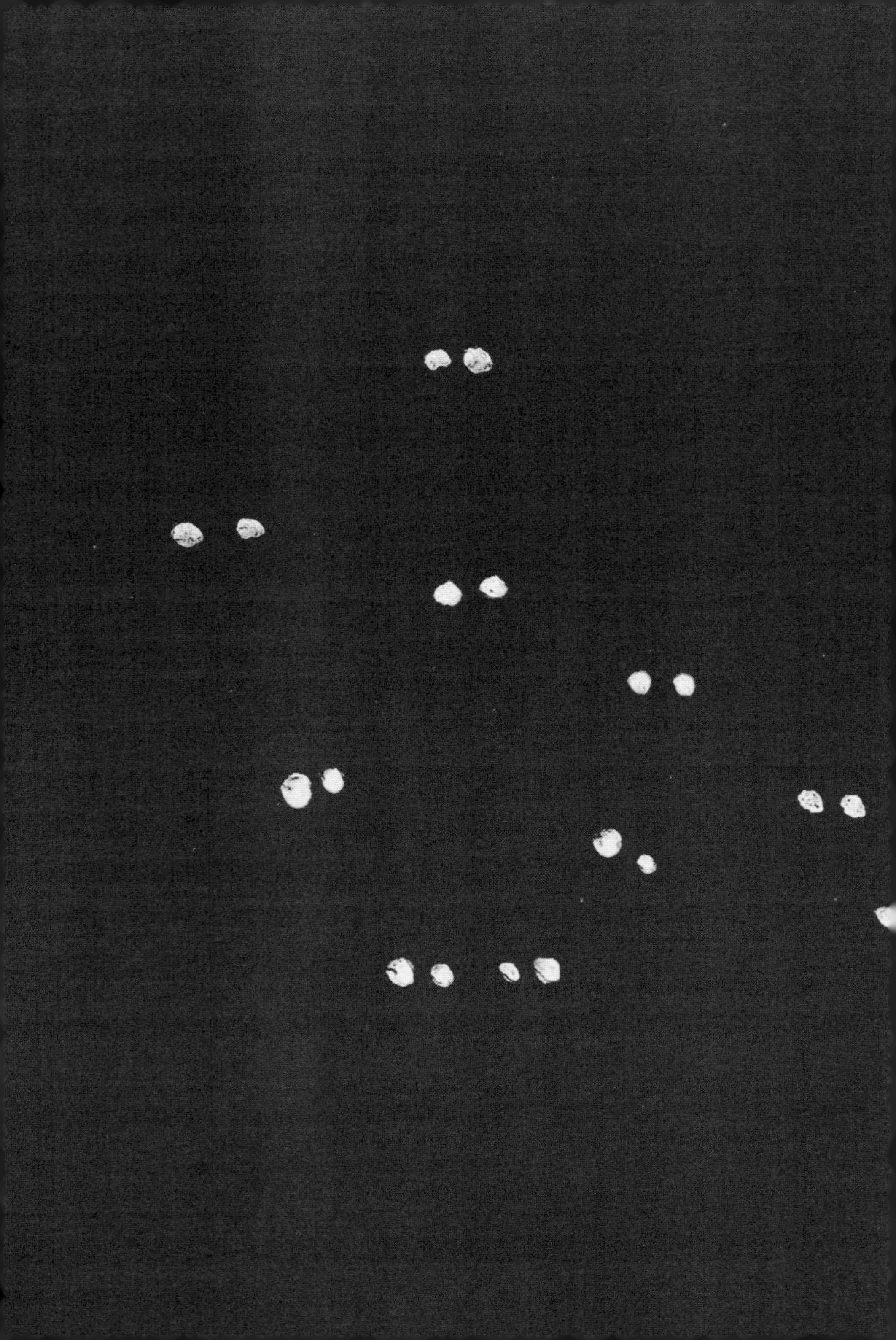

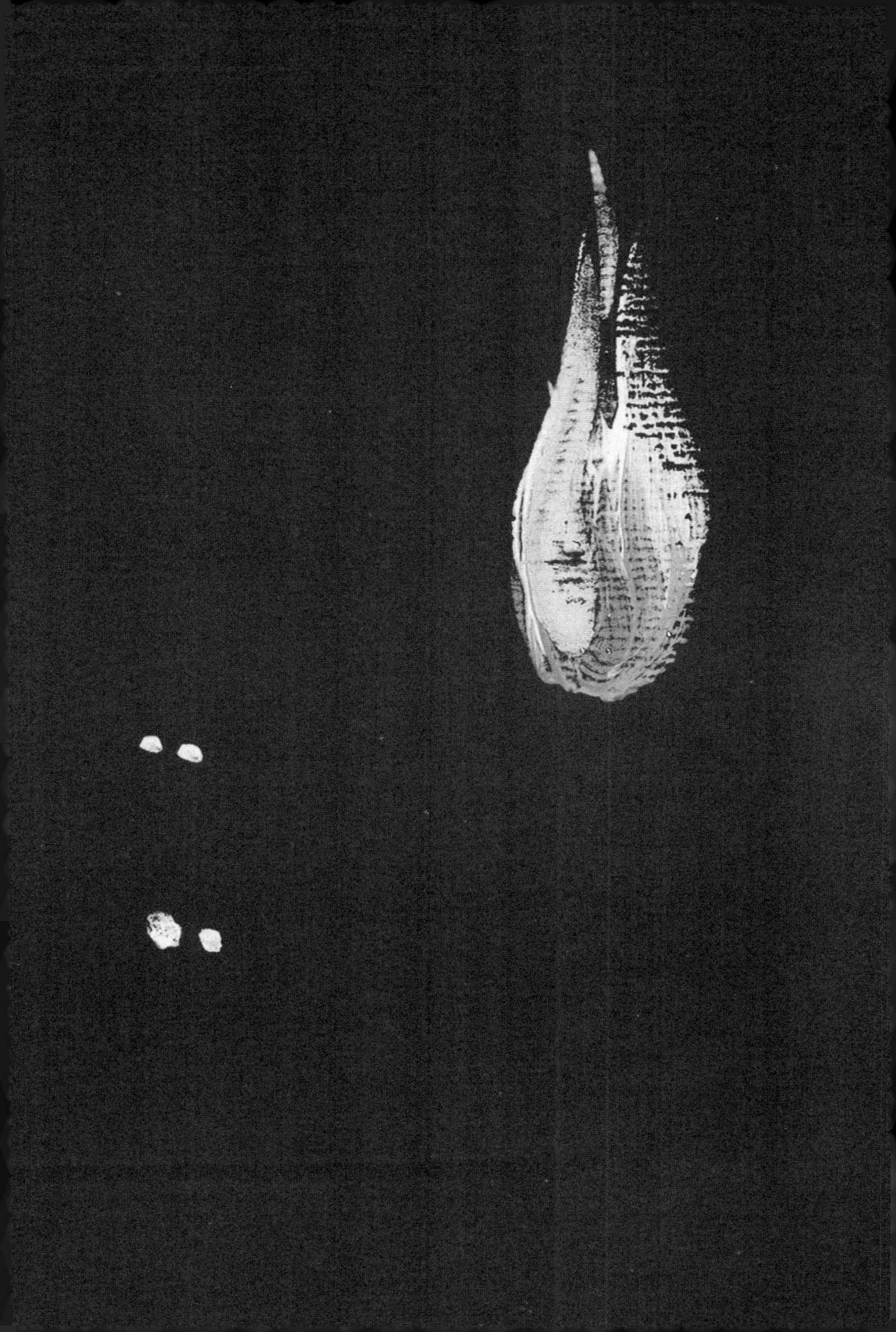

“我也好害怕！”米安回答道。

在这漆黑的夜里，火焰像波浪般起起伏伏，漂浮在夜色的海面上。它越来越近了，恐惧在三只鸟儿的心中不断蔓延。

“这到底是什么呀？”尼洛说。那簇火焰停了一下，在离鸟儿们很远的地方燃烧着，犹犹豫豫地不肯靠近。

“它停下来了！”哈迪说道。

终于，一个皮肤黝黑的小男孩出现在三只鸟儿面前，他安静地一言不发，手里拿着一支长矛和一把火炬。

哈迪喊道：“喂，小朋友，你不想把我们丢进油锅，对吗？”

小男孩吃了一惊，他蹲坐下来，面对着这个装满鸟儿的网子，陷入了沉思。他可从没想到，能捉到这样奇怪的猎物呢！他饶有兴趣地打量着自己的“战利品”，又好奇地盯着那只最小的鸟儿——这个小家伙正叽叽喳喳吵个没完呢！

小男孩盯着三只鸟儿，看了好久好久，然后咧嘴一笑，露出满口白牙。他把火炬插到地上，出神地望着两只鹳鸟和小燕雀，等待着日出。

第二十九章

小男孩握住刀子，牢牢盯着网子，开始割绳子。由于自身的重量，网子开了一个口，他的“战利品”全都掉到了地上。小燕雀像箭一般冲出网子，虽然全身上下都疼得要命，可他飞得却是那么轻盈，像是一只翩翩起舞的蝴蝶。

“真是太谢谢你啦！你不会把我们吃掉吧？哎呀，朋友，我全身都又青又肿的呢！不过，我们现在可以庆祝一下，来吧，你也和我们一起来……”哈迪高兴得像个小疯子，一刻也不停地吹着欢乐的口哨，围着小男孩的脑袋飞来飞去。小男孩开心极了，他望着这只鸟儿笑个不停。

尼洛和米安舒展着酸痛的翅膀，好不容易才站起身来，他们摇摇晃晃地走着，重新张开翅膀，想要试着飞起来。这个时候，小男孩的注意力全都在哈迪身上，他咯咯笑着，想要捉住围着他上下翻飞的小燕雀——这只鸟儿看起来很有趣呢！不过他这样不停地飞来飞去，倒有点像烦人的黄蜂呢！

“你们快来呀，快来嘛！我正和这个小男孩一起庆祝呢！你们也赶快过来嘛，别磨磨蹭蹭的啦！”

尼洛和米安好不容易才飞了起来，米安飞了不到两米，就落进了湖水里。“我们赶紧走吧，快走啦！”尼洛催促他，“赶快离开这里呀！”米安抓住机会，一口气喝了个饱，这才离开。

“哈迪？”米安回头喊道。

“快走啦！”尼洛叫道，“赶紧走！”

第三十章

尼洛和米安只飞行了很短的一段距离。被囚禁的那几个小时实在太难熬啦，他们现在全身上下都痛得不得了，只能停在不远处的一棵树上。

“有你在身边，我真的好幸福！”米安说道，他高兴极了，不停地用嘴巴爱抚着尼洛。

像一道闪电般，哈迪追了上来。“和那个小猎人‘捉迷藏’，还挺有意思的呢！不过后来呀，他不笑了，一直不停地追着我，好像我是个大黄蜂一样！真是让人伤心！他还想用那支熄灭了的火炬打我呢。最后，他哭了起来，因为咱们三个全都逃跑了！他望着空空如也的网子，哭得可伤心啦！看他哭成那样，其实我心里也挺不好受的。于是我又飞了回去，在他的头顶上转了几圈，当然，我小心地和他保持着安全距离呢！我向他道完谢，就说拜拜啦，再然后，我就飞走啦！”

“这样说来，是你救了我们一命呢！”

“没错，是这样的！不过我自己也玩得很开心呀！”哈迪自豪地说道，“当务之急，是想办法甩掉那些鬣狗！我们可不能永远活在他们的阴影里呀！”

“我们该怎么办呢？”尼洛问道，虽然她很害怕，可还是下定决心要摆脱这场噩梦。

“在飞过来的路上，我看到了一个很大的坑，我们可以用树枝和叶子做掩护，把大坑掩盖起来。然后把鬣狗引进陷阱里去！那个深深的大坑，就是他们下半生的归宿！”

米安和尼洛没有说话。“其实呢，这也不需要太多时间啦。米安来当诱饵，把鬣狗们引诱过来。等他们掉进陷阱以后，我们就永远自由啦！你们觉得怎么样？”

“可是，这会不会太危险了呀？”尼洛问道。

“为什么非得是我呀？”米安激动地问道。

“难道你要让尼洛去吗？”哈迪反问道。

“那为什么不是你呀？”米安抗议道。

“他们要抓的又不是燕雀！”

这下米安不说话了，他低下了头。

“说真的，我心里也没底。”尼洛说道，“我也不想让米安为我冒这样大的险。我觉得好累呀……”

“那我们该怎么办呀？”哈迪问。

“我也不知道，我现在一点儿主意都没有。”尼洛回答道。

“想想办法嘛！总不能让鬣狗纠缠

我们一辈子吧！”哈迪试着提醒尼洛。

然后米安发话了，他总是需要一点儿时间来寻找勇气。米安对妻子说：“哈迪说得有道理，他的计划也很棒。我们得摆脱那个莉娜！”

最后，他们终于说服了尼洛。三只鸟儿出发了，一起寻找树枝去啦！必须找些长树枝，这样才能盖住大大的洞口！

“看到了吗？这真是一个完美的陷阱呀，只要小心地用树枝和叶子盖在上面，就大功告成啦！”哈迪说道，“我们成功啦！”

鸟儿们辛勤地工作着。“你去拿这个，哎呀，不是那个啦，尼洛，是这个！还有你，米安，不要放在那里，再往里面一点儿，没错，就是这里。真是太完美啦！”

“你可真会指使人！”米安转过头，对哈迪说道。

“当然啦，树枝那么重，我又叼不动，不然我做什么呀？”哈迪笑着说道，“如果你们愿意的话，我可以往上面加几片叶子。”

“算了吧，我知道你也就是开个玩笑！”米安说道。

这场工作不能持续太长时间，鬣狗们很有可能就在附近，他们很快就会回来袭击鸟儿们的。

“现在呢，我们该怎么办？”

“你躲在后面好啦，这里的树枝这么茂密，当鬣狗们跑过来的时候，他们根本看不见你，然后，这些傻瓜就掉进陷阱里啦！”

“你还是挺聪明的嘛！”米安说道。

“我其实不想让你去当诱饵的，米安。”尼洛说道，她的声音忧伤极了。“鬣狗们要找的是我，不是他呀。”她对哈迪说，“我想和米安待在一起。再说了，要是我们两个都在的话，鬣狗也就不会怀疑了嘛，万一他们发现这是个陷阱怎么办呀？！”

“好吧，尼洛，你就和米安留在这里吧。我呢，最好还是在这附近侦查一圈。就这样吧，我们一会儿见啦！”

“你这个胆小鬼！”米安批评哈迪，“出完馊主意，就溜之大吉！”

“人无完人嘛！”哈迪回答道。他开心地吹起了口哨，想要转移米安的注意力。

没过多久，在灌木丛后面，很快就出现了鬣狗们的身影，他们待在那里一动不动，悄悄地观察了一会儿，研究着该怎样捉住这两只鹳鸟。

“我们从背后发动进攻，一定要在下风向的位置，这样才不会被发现！这真是一个千载难逢的好机会呀！”莉娜低声说道，

她美滋滋地舔了舔嘴唇。

"米安？"尼洛说，"我好害怕呀，你呢？只有我们俩待在这里充当诱饵，哈迪躲到哪儿去啦？"

鬣狗们慢慢地靠近，已经距离两只鸟儿近得不能再近啦，只要小跑一段，轻轻一跃，就能将其抓住。说时迟，那时快，鬣狗首领莉娜朝着尼洛和米安扑去。

突然间，一阵"石头雨"从天而降。

"快跑呀，妈妈！快跑呀，尼洛！"一大群黑色的鹳鸟像雨点般砸向鬣狗们。米安和尼洛还没弄清楚发生了什么事情，听到这一声吼，差点吓掉了魂，赶忙拍拍翅膀，飞了起来。从天而降的"石子"狠狠地砸向鬣狗，他们先是闭上了眼睛，然后又减慢了奔跑的速度。时间真的太宝贵啦，尼洛和米安刚飞了半米高，鬣狗首领莉娜跳出了一个令人惊讶的高度，愤怒地咬住了米安的尾羽。米安又怕又痛，忍不住大叫起来。

"啊啊啊！"

"米安！"尼洛喊道。

这只鬣狗高高跃起之后，就重重地栽进了陷阱里。这一切发生得实在太快了，鬣狗们根本来不及放慢速度，全都掉进了陷阱里，掀起一股烟尘。这些掉进陷阱里的鬣狗咆哮着，嘲笑着愚蠢的自己，愤怒地原地打转，像是要咬住自己的尾巴，还有的想沿着滑溜溜的坑壁爬上去。

最后，他们都被困在了陷阱里。

“太棒啦，亲爱的朋友们，所有的恩恩怨怨就这样结束了！你们就在里面待着吧，即使有人想要伸出援手，可只要他一想到你们是那么邪恶，肯定就会打退堂鼓啦！我真心祝福你们，在这里度过下半辈子吧！”哈迪说道。

“你还好吧？”尼洛问米安。

“还好啦，只是掉了几根羽毛而已。”米安做了个鬼脸。

“你真是太勇敢啦！可是，那些从天而降的‘石头雨’又是谁安排的呢？”

一只黑色的鹳鸟飞到他们面前。

“嘉米拉？”尼洛惊喜地喊道。

“妈妈！米安！”

“嘉米拉？！”尼洛又重复了一遍，她简直不敢相信自己的眼睛，“你怎么知道我们在这里呀？”

“你不是告诉过我，要学会倾听心声吗？我感受到了你的恐惧，你正在和死亡做斗争；我听到了你的哭声，每一声都是那么清晰，每一声都在我的心底久久回响，于是我就和伙伴们赶来了。我想要立刻飞到你身边，大家都是来帮你们的！哦，妈妈，能再次见到你，我真是太开心啦！还有你们——米安、哈迪！”

“要是没有嘉米拉，我们早就成了鬣狗们的大餐啦！可你到底躲到哪里去了呀，嗯？”尼洛问哈迪。

“我都没发现鬣狗们已经来了呢。”

“你就是个胆小鬼，这就是事实！你是个名副其实的胆小鬼！你肯定是因为害怕躲起来了！”米安抗议道。

哈迪吹起口哨，转移了话题：“反正现在莉娜和她的朋友们全都掉进陷阱里啦，这可是我的一大功劳呢！”哈迪一边说着，一边围着尼洛飞舞。尼洛正气呼呼地盯着哈迪呢！可是哈迪实在太可爱啦，所有的怒气，都变成了一个稍显责备的微笑。

第三十一章

“嘉米拉，我真的好开心呀，你救了我们的命呢！”尼洛一边说着，一边用嘴巴爱抚着嘉米拉。

“你们要是晚来一分钟，我们就不能在这里谈笑风生啦！谢谢你，嘉米拉！”米安说道。

“你们教会我飞行，我救了你们一命，这不就扯平了吗？和你们分开后，我遇到了自己的同类。就像你告诉我的那样，我在河口遇到了这群黑鹳鸟。我把所有的故事全都讲给小伙伴们听，然后大家就一起出发了！这不，我们来啦。能够及时赶到，我真是太开心啦！”

鸟儿们决定留下来庆祝，重逢的喜悦洋溢在他们的心间。现在他们知道，嘉米拉不再是孤身一人，有了一群和她一样的黑鹳鸟伙伴呢！

“你为什么要不辞而别呀？”

“因为你和哈迪说得都有道理呀。一方面，我必须离开；另一方面，我又很想留在你们身边。最后，我终于决定了，或许离开才是最好的选择。我就按照哈迪说的那样悄悄离开啦，这样也不会太痛苦。”

“你这一路上还顺利吗？”

“我沿着河流飞了好远好远，最后终于来到了海边。起初，我的同类根本不相信我。

“直到遇到了法雷斯，多亏了他，我才能成为鹳鸟群中的一员。你都不知道，能再次回到你的身边，我有多开心呢！我说服了整个鹳鸟家族，来寻找你的踪迹，来帮助曾向我伸出援手的你。”

一只英俊的黑鹳鸟来到嘉米拉身边，拍打着宽阔的翅膀。这是一只骄傲强壮的雄鹳鸟，比嘉米拉的个头大多了。他展示着自己的力量，向尼洛表示自己的敬意。

“能遇到你真是太高兴啦，谢谢你，嘉米拉。你瞧，即使不能见面，只要心中怀有希望，就不会忧伤！”

“我真是一只幸运的鹳鸟啊，我有两个妈妈呢！尤其是拥有一个像你这样特别的妈妈！”

“我们也很幸运呀，还没筑巢呢，就有了一个女儿，这是一种更大的幸福呢！说到底，妈妈就是那个爱你、照顾你的人，你也要好好爱她才行呀。而你呢，有两个妈妈，实在是太幸运啦！”米安说道。

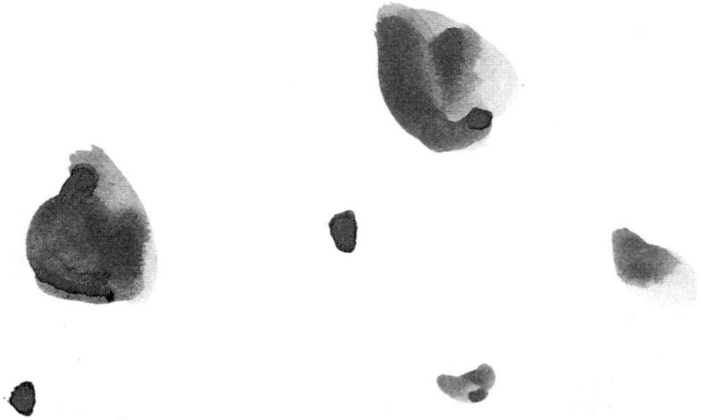

法雷斯是一个英俊开朗的小伙子，他高高扬起头，保护着嘉米拉。而嘉米拉呢，羞答答地把嘴巴垂到了胸前。

尼洛和米安一下子就懂了。哈迪从灌木丛里摘下一朵蓝色的

花儿，在这对黑鹳鸟的头顶盘旋，花儿轻轻晃动，蓝色的花瓣纷纷落下。

就这样，鸟儿们在河边举行了欢乐的庆典。他们在水中嬉戏，在空中飞翔，吃了好多小鱼，开心地笑个不停，纵情享受着重逢的喜悦。哈迪站在枝头，吹着口哨，看着自己的朋友们在黑鹳鸟群中欢乐地舞蹈。

第三十二章

“那你的妈妈呢？”

尼洛没有立刻回答。

“我很抱歉。”嘉米拉说道。

“我们还没找到她呢。”

“这都是我的错，对不对？”

“不，事情已经发生了，或许……结局本该如此。一连好几天，我都没听到她的心声了，我都快放弃了……我已经绝望了。”

“可是……是你教会我不要失去希望的呀！”

“我知道，可是这一次……”尼洛忧伤地说道。

“如果你需要的话，我可以留下来陪你几天。”嘉米拉说。

“不，法雷斯和黑鹳鸟现在是你的家人了，你应该去追求自己想要的生活。嘉米拉，不要担心。我们曾经在一起生活过的时光，胜过千言万语，我都不知道该怎么感谢你。或许，在那个时候，我应该留在你身边，那是你人生中最重要的时刻。无论欢乐或忧伤，没人能夺走那些岁月，这才是人生中最重要的事情！”

嘉米拉不知道该说什么好。她向米安和哈迪道别，离开尼洛，朝着黑鹳鸟群飞去。

黑鹳鸟在三只鸟儿的头顶盘旋着，依依惜别后，就朝着西方飞去了。

“再见啦，妈妈！再见啦，米安！再见啦，哈迪！”嘉米拉在空中舞蹈着，朝着落日的方向飞去。朋友们的心中留下了重逢的喜悦，也留下了分离的忧伤。

第三十三章

三位朋友待在原地，既不知道要去哪里，也不知道该干什么。尼洛独自飞到河边喝水，她的身影看起来是那样忧伤，米安跟在她身后。

哈迪离得有点远，过了一会儿，他也追上了两位朋友。

“就是现在吗？”

“啊？现在怎么啦？”

“如果你们想让我离开的话。”哈迪说道，“我的旅程就到这里结束啦！我也没有理由继续待在你们身边啦。”

“你也要离开了吗？”

“你们要筑起自己的爱巢，将来也会有小宝宝需要照顾。或许，我该回一趟老家啦。返乡的好时节也越来越近了呢！”

“这不公平！”尼洛说。

“什么不公平？”哈迪问道。

“我想要和你永远在一起呀！”

哈迪一动不动地站在树上，他望着尼洛和米安，两只鸟儿的影子倒映在水面上。

就在这时，一只戴胜朝这里走来。她抖了抖头上的冠毛，俯下身喝水。

“我打扰到你们了吗？”戴胜来到湖边，问三只鸟儿。

“终于来了一个懂礼貌的人！”米安说。

“你真漂亮呀，头上的冠毛也好美！”尼洛说道。

“今天是鹳鸟的节日吧？”戴胜兴致勃勃地问道。

“戴胜确实很漂亮，但是脑筋可能有点问题。你们讲起话来，也像母鸡一样不着调吗？”哈迪说道。

戴胜笑了：“不是啦，我已经好多年没见过鹳鸟啦。今天一下子遇到了四只呢！”

“可是这里只有我们两个呀。你是把我们投射在水中的倒影当成了另外两只鹳鸟吗？”米安说道。

“或许是因为你眼睛有问题吧？！”哈迪打趣道。

“不是，才没有呢！你在胡说些什么呀？在遇到你们之前，我已经见过两只鹳鸟啦，就在这附近的猴面包树下面呢！一只年迈的雌鹳鸟，老得都快站不起来了，还有一只鹳鸟在和她做伴呢。”

“一只老得都快站不起来的雌鹳鸟？”哈迪问道。

“是呀，她就在猴面包树下，看起来昏昏沉沉的。”

米安和尼洛四目相对。“会不会是我妈妈呀？”尼洛说道。

“走，去看看！不管是谁，他们肯定需要我们的帮助！”米安坚定地说道。

他们立刻就起飞了。尼洛的小心脏疯狂地跳动起来。

“喂，你们两个，等等我呀！”

“唉，这些家伙还说我脑筋有问题呢！”戴胜抱怨道。

第三十四章

“你知道的，我好害怕呀，我真的好害怕！”尼洛说。

“我们得找到那棵高大的猴面包树，应该离得不远，或许就在那边！”米安说着，放慢了飞行的速度，两只鸟儿沿着弯曲的河滩前进。

“会是妈妈吗？”尼洛问。她放慢了速度。

“别现在停下呀，我们得赶紧走。”

“为什么我们飞得这么慢呀？快到了吗？”哈迪问道。

尼洛颤抖了一下，看起来就像一个无依无靠的小可怜。

“我好害怕。”她说道。

“也许……那真的是你妈妈呢！”

经历了那么多次冒险，尼洛已经变得十分坚强，可是在这个时候，她性格中脆弱无助的一面显露出来了。米安用嘴巴轻轻地爱抚着尼洛。“我在这里，我一直在你身边呢，咱们快走吧。”

就在这时，鸟儿们远远地看到，在猴面包树下，出现了一只鹳鸟，他的嘴巴里似乎叼着什么东西，正在灌木丛里筑巢呢。

“就是那里啦！”尼洛说道，可她还是犹豫着，不肯加快速度。等到离得更近一点儿，看得更清楚以后，尼洛一下子冲了

过去。

米安和哈迪跟在后面，看着眼前发生的一切。

尼洛失望地垂下脑袋，那不是她的妈妈，而是一只年迈的雄鹳鸟，正在照顾一只藏在树枝里的雌鹳鸟。或许……

“妈妈！”尼洛喊道，当她看清楚树枝里那只雌鹳鸟后，立刻像闪电般飞到她的身边。雄鹳鸟后退了三步，好让尼洛能够靠近。“妈妈！”尼洛又喊了一声。

“尼洛！”妈妈回应道，她伸出脑袋，用微弱的声音说道，“尼洛，我的尼洛！你都长这么大啦，变得更漂亮啦！尼洛，你终于找到我啦！”

尼洛用嘴巴爱抚着她的妈妈，把头向后仰着，嘴巴一张一合，流下了喜悦的泪水。当米安飞到她身边时，尼洛正在抹眼泪呢。

“米安，你也长大啦！”尼洛妈妈说道。

尼洛妈妈实在太虚弱了，可她还是挣扎着，费了好大力气才站了起来，然后又摔倒了。“我再也站不起来了，我实在太虚弱啦。现在，看到你过得这么幸福，我也能安心地去了。”

“哦，妈妈，我好想您呀！我独自完成了旅行，遇到了许多朋友，鬣狗们还想吃了我呢！妈妈，过了这么久，我还能再次见到您，真是太开心啦！”

尼洛的语速快极了，她用最简短的语言，把自己经历的所有冒险，把所有帮助过自己的朋友，全都讲给妈妈听。说完之后，她沉默了，把头转向了站在鸟巢旁边的那只雄鹳鸟。

他的头上长着一簇羽毛。“你好呀，尼洛，你已经出落成大美人啦！你可能都不记得我了……那时你实在太小啦。”

这个声音唤醒了尼洛遥远的记忆，照亮了烟囱上那些幸福而又痛苦的夜晚。尼洛刚刚出生还未破壳时，爸爸的歌声总是伴随着月光，像是在给女儿讲故事。

“你是我爸爸吗？”

“是的，尼洛，我就是你的爸爸。”

“这么说……你没有死呀！”

“是的，尼洛，我也受了很多苦。被偷猎者用箭射伤后，有人救了我，还把我送到了救治受伤鸟儿的地方，精心地照料。我在那里待了好几个月，天天都被关在笼子里，几乎丧失了飞行的能力，身上一点儿力气都没有，我天天渴望着能够回到你们身边！一些善良的人治好了我，帮助我恢复了力气。

“想要和你们重逢的愿望促使着我飞向非洲，尽管当时已经过了迁徙的时节。我最大的愿望，就是回到你妈妈的身边，然后再和你见上一面。我知道，你一定能找到我们，我的心就是这样告诉我的。这不，你来啦！今天，幸福填补了我心中的空缺，这些日子以来的痛苦全部烟消云散。尼洛，你知道吗？痛苦的作用，就是将欢乐衬托得更加甜美。你真是个美人！能见到你，我真是太开心啦！”爸爸低下头，像是鞠了一躬。

尼洛感动极了，一句话也说不出来。她流着眼泪，不停地拍打着翅膀，像是要飞起来一样，用这种方式表达自己的喜悦。此时此刻，她什么都说不出了。四只鹳鸟嘴巴一张一合，开心地跳跃着，拍打着翅膀，跳出一支爱的舞蹈。

“真美呀！”哈迪想，“他们好幸福呀！”

尼洛妈妈已经筋疲力尽了。这幸福来去匆匆，却让她满心欢喜。“我不行啦，尼洛。或许，我都看不到明天的日出了，可是能见到你，能有你守在身边，我已经很满足啦。谢谢你，尼洛，你是我和你爸爸最美丽的孩子，也是最坚强、最可爱的孩子。你是我们的奇迹，你和米安是天造地设的一对。你们应该去筑自己的爱巢啦。”

“别这样说！”尼洛恳求道，“我们还要一起飞去群山间的湖泊里享受大餐呢！”

“不，尼洛，我没有时间了，可你爸爸还在你身边。今夜漫漫，可我们的爱不会消逝。这是唯一永恒的东西，永远不会被忘怀。尼洛，将来如果有人讲出你的故事，一定会触动无数人的心灵。”

米安用嘴巴轻轻碰了碰尼洛，她哭泣着，蜷缩在爸爸身边。尼洛爸爸用嘴巴梳理着女儿的羽毛，就像尼洛刚刚出生时那样，仿佛她还是一只小小的雏鸟。

“这一夜，充满喜悦与悲伤，充满爱与泪。”哈迪望着自己的鹳鸟朋友，心里这样想着。夜幕降临，一颗又一颗星星点亮了天空。